Tucholsky Wagner Zola Scott Sydow Freud Schlegel
Turgenev Wallace Fonatne

Twain Walther von der Vogelweide Fouqué Friedrich II. von Preußen
Weber Freiligrath Frey

Fechner Fichte Weiße Rose von Fallersleben Kant Ernst Frommel
Richthofen

Hölderlin

Engels Fielding Eichendorff Tacitus Dumas
Fehrs Faber Flaubert

Eliasberg Ebner Eschenbach

Feuerbach Maximilian I. von Habsburg Fock Eliot Zweig
Ewald Vergil

Goethe Elisabeth von Österreich London

Mendelssohn Balzac Shakespeare Dostojewski Ganghofer
Lichtenberg Rathenau Doyle Gjellerup

Trackl Stevenson Hambruch

Mommsen Tolstoi Lenz Hanrieder Droste-Hülshoff
Thoma

Dach Verne von Arnim Hägele Hauff Humboldt
Reuter Rousseau Hauptmann

Karrillon Garschin Hagen Gautier

Defoe Baudelaire

Damaschke Descartes Hebbel

Hegel Kussmaul Herder

Wolfram von Eschenbach Schopenhauer

Bronner Darwin Dickens Grimm Jerome Rilke George
Melville Bebel Proust

Campe Horváth Aristoteles

Bismarck Vigny Barlach Voltaire Federer Herodot
Gengenbach Heine

Storm Casanova Tersteegen Gilm Grillparzer Georgy
Chamberlain Lessing Langbein Gryphius

Brentano Lafontaine

Strachwitz Claudius Schiller Kralik Iffland Sokrates
Bellamy Schilling

Katharina II. von Rußland Gerstäcker Raabe Gibbon Tschechow

Löns Hesse Hoffmann Gogol Wilde Gleim Vulpius
Luther Heym Hofmannsthal Klee Hölty Morgenstern Goedicke

Roth Heyse Klopstock Homer Kleist
Luxemburg Puschkin Mörike Musil

La Roche Horaz

Machiavelli Kierkegaard Kraft Kraus
Navarra Aurel Musset Lamprecht Kind Kirchhoff Hugo Moltke
Nestroy Marie de France

Laotse Ipsen Liebknecht

Nietzsche Nansen Ringelnatz
Marx Lassalle Gorki Klett Leibniz

von Ossietzky May vom Stein Lawrence Irving

Petalozzi Knigge
Platon Pückler Kafka
Sachs Poe Michelangelo Kock Korolenko
Liebermann

de Sade Praetorius Mistral Zetkin

Die Rückkehr der Zeitmaschine

Phantastische Novelle

Egon Friedell

Impressum

Autor: Egon Friedell
Umschlagkonzept: toepferschumann, Berlin

Verlag: tredition GmbH, Hamburg
ISBN: 978-3-8472-4918-4
Printed in Germany

Text der Originalausgabe

Egon Friedell

Die Rückkehr der Zeitmaschine

Phantastische Novelle

Meinem genialen
Schauspielerkollegen
Max Gülstorff
gewidmet

Einleitung
Eine ungewöhnliche Korrespondenz[1]

1.

---

[1] Man wird bemerken, daß sämtliche Personen, die im Nachfolgenden das Wort ergreifen, an einem sonderbaren Defekt leiden: sie sind vollkommen unfähig, bei der Stange zu bleiben. Es hat dies seinen Grund darin, daß es sich durchwegs um Angehörige der sogenannten geistigen Berufe handelt. Diese unterscheiden sieh bekanntlich von den übrigen Menschen durch einen erstaunlichen Mangel an Konzentrationsfähigkeit. Man kann es geradezu als das Hauptmerkmal aller geistigen Arbeiter ansehen, vom Dichter und Metaphysiker mit ›Ewigkeitsgehalt‹ bis herunter zum Nachtreporter und Budenausrufer, daß sie stets vom Hundertsten ins Tausendste kommen. Als gewissenhafter Berichterstatter fühlte ich mich jedoch verpflichtet, den Briefwechsel in dem vollen Umfang wiederzugeben, in dem er tatsächlich stattgefunden hat. Wer jedoch diese bisweilen fast an Gedankenflucht grenzenden Erörterungen ebenso deplaziert findet wie ich, möge sie und die ohnehin nur für rückständige Dickköpfe geschriebene ›Vorerinnerung‹ so rasch wie möglich überfliegen, um dann sogleich mit der gröberen, aber konsistenteren Nahrung zu beginnen, wie sie die Schilderung der Mißgeschicke und Abenteuer des Helden in den späteren Abschnitten bietet.

Mr. H. G. Wells, London

Hochgeehrter Meister!

Ein begeisterter Verehrer, ja Verschlinger Ihrer sämtlichen Werke gestattet sich, eine bescheidene Anfrage an Sie zu richten, die Sie hoffentlich nicht allzusehr belästigt. Sie haben in Ihrem vor längerer Zeit erschienenen prachtvollen Roman *Die Zeitmaschine* einen Gelehrten geschildert, der mit einem Apparat seiner Erfindung in die vierte Dimension, nämlich in die Zeit, zu reisen vermag. Er versucht es zunächst nach vorne: in die Zukunft, und die Schicksale, die ihm dabei widerfahren, sind von Ihnen mit einer dichterischen Phantasie ausgesponnen, die jeden Leser entzücken muß. Er kehrt zurück, erzählt seine Erlebnisse, besteigt bald darauf wieder den Apparat, um in die Vergangenheit zu reisen und hier bricht der Roman ab. Sie sagen:»Der Zeitreisende verschwand. Und, wie jedermann heute weiß: er ist niemals zurückgekehrt. Wir können nichts tun als uns darüber wundern. Wird er jemals wiederkommen? Vielleicht ist er, als er in die Vergangenheit zurückwirbelte, unter die blutdürstigen behaarten Wilden der frühen Steinzeit geraten oder in die Tiefen des Kreidemeers oder unter die grotesken Saurier, die riesigen Eidechsenungetüme der Jurazeit. Vielleicht promeniert er eben jetzt – wenn ich mir überhaupt eine Vermutung erlauben darf – auf einem von Plesiosauriern bevölkerten Korallenriff oder am Ufer eines einsamen Salzsees der Triasperiode.«[2] Nun aber sind seit dem Erscheinen des Romans bereits einige Jahre verflossen, während deren ich oft und angestrengt über jene Reise in die Vergangenheit gegrübelt habe. Es gibt meiner Ansicht nach hier nur zwei Möglichkeiten. Entweder: in Ihrem Bericht steckt ein Körnchen Wahrheit: in diesem Falle wäre es doch immerhin denkbar, daß man von dem seltsamen

---

[2] Die Stellen aus der ›Zeitmaschine‹ sind nicht in der deutschen Übersetzung zitiert, die sich im Buchhandel befindet, sondern neu übertragen. Auch der Briefwechsel ist in Übersetzung wiedergegeben, da er in englischer Sprache stattfand. Mr. Wells kann nämlich nicht Deutsch: dies dürfte die einzige Eigenschaft sein, die er mit seinem Übersetzer gemeinsam hat. Dies kann nicht für die 1974 entstandene Neuübersetzung von Peter Naujart zutreffen: H. G. Wells, Die Zeitmaschine, detebe 671111(Anm. d. Verlags).

Manne inzwischen Nachricht bekommen hätte. Oder aber: er ist überhaupt eine freie Erfindung Ihrer genialen Feder – warum zögern Sie dann solange mit der Fortsetzung der Erzählung, die doch nur von Ihrer Willensentschließung abhängt? Und es spricht alles dafür, daß diese letztere Annahme die zutreffendere ist: sogar das Verhalten des Zeitreisenden selber und noch mehr das seiner Umgebung. Der Zeitreisende sagt einmal: »Wenn Sie die ganze Wahrheit wissen wollen... ich glaube selber nicht recht an alle diese Dinge«, und ein andermal: »Nein, ich kann nicht verlangen, daß Sie das alles glauben. Nehmen Sie es für eine Lüge – oder eine Prophezeiung. Denken Sie: ich habe es in meinem Laboratorium geträumt. Kurz: nehmen Sie es als Roman; aber was halten Sie davon?« Und der ›Herausgeber‹ Mr. Blank (allem Anschein nach der klügste und seriöseste des Kreises) erwidert seufzend: »Wie schade, daß Sie kein Romanschreiber sind!« und erklärt auf dem Heimweg das Ganze für eine »amüsante Lüge«. Und ein Journalist, »ein ernster schüchterner Mann mit einem Bart, der den ganzen Abend lang den Mund nicht auftut« (Sie verschweigen seinen Namen leider ebenso wie den des Zeitreisenden), hüllt sich in vielsagendes Schweigen. Aber selbst gesetzt, es gäbe den Zeitreisenden, was ja trotz allem immer noch möglich ist, und er hätte seine Zeitreise wirklich vollführt, was mir nach allem mehr als unwahrscheinlich vorkommt: dann hätten Sie erst recht die Obliegenheit, alles, was Sie über ihn in Erfahrung bringen konnten, genau zu berichten, und wenn Sie nichts in Erfahrung bringen konnten, wenigstens dies zu berichten. Es ist das ganz einfach eine Pflicht gegen Ihre unzählbaren Bewunderer, zu denen ich zu zählen bitte

Ihren sehr ergebenen
Egon Friedell

P.S. Bei dieser Gelegenheit erlaube ich mir, Sie auch um ein Autogramm zu ersuchen. Aber bitte keinen bloßen Namenszug, sondern einen schönen, recht langen Sinnspruch, der noch nicht im Druck erschienen ist.

2.

Herrn Egon Friedell, Wien

London, am 11. Februar 1908

Mein Herr!

Ihre Hoffnung war trügerisch: Mr. Wells, in dessen Auftrag ich Ihnen schreibe, fühlt sich durch Ihre Anfrage sogar *sehr* belästigt. Er hält sie für nichts weniger als »bescheiden«. Gibt es etwas Anmaßenderes (als weibliches Wesen kann ich keinen stärkeren Ausdruck gebrauchen) als den Versuch, unter dem Deckmantel der Verehrung fremde Geheimnisse auszuspionieren? Und noch dazu in so manierloser Form! Denn die ebenso unüberlegten wie ungehobelten Ausdrücke: »bewundernswerte Phantasie«, »geniale Erfindung« und dergleichen, mit denen Sie im Zusammenhang mit Mr. Wells um sich zu werfen belieben, kann dieser doch nur als grobe und aufreizende Beleidigungen empfinden. Selbst wenn sie nicht von boshafter Absicht diktiert sein sollten, was ich in Ihrem Interesse annehmen will, zeugen sie von einer blamablen Verständnislosigkeit und sind jedenfalls geeignet, Mr. Wells aufs tiefste herabzusetzen. Auf solche Verehrer verzichtet Mr. Wells! Wofür halten Sie ihn eigentlich? Sie verwechseln ihn offenbar mit einem Politiker. *Deren* Beruf ist es, Tatsachen zu erfinden. Und wer erlaubt Ihnen, sein wissenschaftliches Protokoll einen Roman zu nennen? Da verwechseln Sie ihn mit seiner Köchin: *die* hat Phantasie, wie alle undisziplinierten Gehirne. Mr. G. B. Shaw, der ja bei Euch in Deutschland so beliebt ist, hat allerdings die traurige Kühnheit gehabt, Mr. Wells einen Romantiker zu nennen; er weiß aber nicht, daß er selbst ein unheilbarer Phantast und Lügenverbreiter ist, der unter der täuschenden Emballage des ›Realismus‹ eine neue Ideologie in unsere Literatur geschmuggelt hat. Oder vielleicht weiß er es sogar: das spräche für seine Intelligenz, aber auch für seine besondere Gefährlichkeit! Aber wie dem auch sei: Mr. Wells läßt Ihnen sagen, daß alle Dichter der Teufel holen soll! Poesie ist etwas für Kinder und Naturvölker, und selbst die Kinder sollte eine vernünftige Erziehung vor solchem Gift bewahren. Poesie verleitet zur Ungenauigkeit, zur Denkfaulheit, zur Unsittlichkeit. Wer sich systematisch daran gewöhnt hat, nicht bei der Stange der Wahrheit zu bleiben, ja wohl gar einen Ruhm darin erblickt, sie möglichst kühn zu überspringen,

9

wird sehr bald auch in allen andern Dingen des Lebens die Gewissenhaftigkeit verlieren. »Wer lügt, der stiehlt« lautet ein altbekanntes Sprichwort; und in der Tat sehen wir, daß alle Dichter stehlen. Eure Klassiker haben unsern Shakespeare bestohlen, und er selber war der König der Diebe. Aber selbst wenn die Dichter gelegentlich einmal ihre eigenen Gedanken abschreiben, ist das noch immer ein sehr billiges Geschäft. Denn etwas zu erdichten ist hundertmal leichter als etwas zu entdecken, und etwas auszuspinnen ist hundertmal bequemer als etwas nachzuprüfen. Daher hält es Mr. Wells mit Plato, der die Lektüre Homers verbieten wollte, und mit unserem großen Philosophen Mr. Hume, der gesagt hat: Alle Bücher, die keine Angaben über Experimente oder Zahl, Maß und Gewicht enthalten, gehören ins Feuer! Mr. Wells findet die trockenen, aber soliden Ausgrabungsberichte Schliemanns unvergleichlich spannender als die temperamentvollen, aber unsachlichen Faseleien der Ilias und eine Logarithmentafel bedeutend origineller als die ganze Göttliche Komödie.

Aus alledem werden selbst Sie den Schluß zu ziehen vermögen, welche der zwei von Ihnen angenommenen »Möglichkeiten« allein in Betracht kommt. Von den beiden *ist* nämlich die letztere (daß es sich um eine freie Erfindung handelt) gar keine; denn ein wissenschaftlicher Berichterstatter, der erfindet, ist ganz einfach unmöglich. Möglich, daß es bei Ihnen zuhause solche unmöglichen Leute gibt; bei uns nicht. Die Gründe, mit denen Sie Ihre Vermutung stützen, zeigen Ihre ganze Ahnungslosigkeit, wie ich es gelinde nennen will. Die zweifelnden Äußerungen des Zeitreisenden sind selbstverständlich alle *ironisch* gemeint, und zwar von einer Ironie, die jedes bessere Pferd verstehen müßte! Was Mr. Blank anlangt, so ist er mit voller Deutlichkeit nicht als der »klügste und seriöseste«, sondern als der bornierteste und oberflächlichste des Kreises geschildert, wofür allein schon sein Beruf bürgt: haben Sie denn nicht bedacht, daß er Herausgeber einer Zeitung ist, und noch dazu einer großen? Aber Sie scheinen ohne ›Konklusionen‹ zu lesen (wieder einmal weiblich zart ausgedrückt). Und Ihr dritter Kronzeuge, der Journalist Mr. Anthony Transic, schweigt allerdings den ganzen Abend, aber nicht »vielsagend«, sondern aus purer Dummheit!

Aber auch die andere Eventualität, die Sie ansetzen, trifft in der Form, in der Sie es tun, keineswegs zu. Der Bericht über die Zeitreise enthält nämlich nicht etwa »ein Körnchen Wahrheit«, sondern die ganze Wahrheit und nicht ein Körnchen Fiktion. Was für sonderbare Vorstellungen von schriftstellerischer Anständigkeit müssen bei Ihnen verbreitet sein! Sie halten es also allen Ernstes für denkbar, daß ein unbescholtener Autor wie Mr. Wells die Stirne haben könnte, einem Referat über ein wissenschaftliches Experiment von höchster Tragweite etwas hinzuzusetzen oder auch nur wegzunehmen? Ein ingeniöser Gelehrter wie Mr.... (hier war im englischen Originalmanuskript etwas sorgfältig durchgestrichen) hätte seine gefahrvollen Versuche also nach Ihrer Ansicht nur zu dem Zwecke gemacht, um Mr. Wells die Unterlage zu einigen feuilletonistischen Spielereien zu liefern? Sehr gütig, daß Sie die Möglichkeit, es gebe den Zeitreisenden, mit einigem Zögern einräumen; natürlich gibt es ihn. Aber Ihr Betragen ist in jedem Fall unentschuldbar. Denn entweder *zweifeln* Sie an seinem Dasein: dann ist dieser Zweifel eine kontinentale Ungezogenheit, die mit aller geziemenden Entrüstung zurückgewiesen werden muß; oder Sie *glauben* an sein Dasein: dann ist Ihre Anfrage eine ebenso ungebührliche Indiskretion, denn nur für den Fall, daß es sich um ein Geschöpf der Phantasie handelt, hätten Sie das Recht, über seine Lebensschicksale Auskunft zu verlangen. Und endlich drittens ist es eine Anmaßung, Mr. Wells über seine Verpflichtung belehren zu wollen. Gerade weil er seine Pflicht gegen den Zeitreisenden und dessen Ruf sehr wohl kennt, verweigert er jede Auskunft. An der Striktheit dieser Ablehnung mögen Sie die geringe Delikatesse Ihrer Anfrage ermessen.

Ihre aufrichtige
Dorothy Hamilton
Sekretärin

P.S. Ihr Ersuchen um ein Autogramm muß Mr. Wells ebenfalls ablehnen. Da er von Beruf Schriftsteller ist, so übt er das Schreiben auch nur beruflich aus und fühlt sich nicht veranlaßt, an Privatpersonen schriftliche Arbeiten zu liefern. Er findet Ihr Ansinnen nicht weniger sonderbar, als wenn Sie von einem Buchhalter, dessen Beruf das Rechnen ist, verlangen wollten, er solle zu Ihrem Privatvergnügen eine Kolonne addieren, und dazu noch eine möglichst lange. Und Sie als Schauspieler wären sicherlich sehr erstaunt, wenn einer Ihrer ›Verehrer‹ Ihnen zumutete, ausschließlich für ihn eine Rolle zu memorieren.

3.

Mr. Anthony Transic, London

Sehr geehrter Herr!

Die beiliegenden beiden Kopien informieren Sie über meinen Briefwechsel mit Mr. Wells. Dieser Korrespondenz verdanke ich auch Ihren Namen, der in dem Roman oder vielmehr dem Protokoll über die Zeitmaschine (ob absichtlich oder aus Versehen, kann ich nicht beurteilen) nicht erwähnt wird. Daß mein Brief Sie, obgleich er einer genaueren Adressenangabe entbehrt, ohne erhebliche Verzögerung erreichen wird, steht für mich außer Zweifel, denn die Londoner Post ist so findig, daß sie sogar eine Depesche ohne Namensnennung, nämlich an den Zeitreisenden, bestellte; man kann aber auch sagen: nicht bestellte. Nämlich so: sogleich nach Empfang des Briefes der Miss Hamilton schickte ich ein Telegramm an *Time Traveller London* und bekam es prompt zurück mit dem Vermerk »*gone on a journey*«. Das ist ja bei einem ›Reisenden‹ nicht weiter verwunderlich, daß er sich auf einer Reise befindet; nur was das für eine Reise sei, hätte ich gar zu gern gewußt. Ist er noch immer auf der Zeitreise? Oder schon wieder? Oder nur auf einer ganz gewöhnlichen, wie auch andere Sterbliche sie unternehmen? Aber auf solche Detailfragen pflegt die Post leider keine Auskunft zu erteilen. Immerhin ist damit nunmehr unwiderleglich bewiesen, daß der Zeitreisende existiert. Ich will damit nicht sagen, daß ich in die Angaben, die Mr. Wells mir machen ließ, irgendeinen Zweifel gesetzt hätte. Ich habe Mr. Wells immer für einen besonders honorigen Charakter gehalten und tue es jetzt erst recht. Über sein Talent denke ich allerdings seit den Enthüllungen seiner Sekretärin weniger anerkennend. Wenn er nur ein Protokoll geliefert hat, so bleibt an schriftstellerischer Leistung nichts zurück als die von ihr selbst zugegebene Farblosigkeit und Formlosigkeit. Der menschliche Gesichtskreis wird durch seinen Bericht allerdings erweitert, aber das ist nicht *sein* Verdienst, sondern das des Zeitreisenden. Er hat gar keinen Anlaß, Bernard Shaw so von oben herab abzutun. Denn selbst zugegeben, daß dieser Ideologie eingeschmuggelt hat, so bliebe ihm immer noch der Ruhm der Emballage. Auch ein gänzlich wertloses Medikament, das in einem delikaten Schokoladenüberzug steckt, oder ein exquisit ausgestattetes Knallbonbon, in dem sich nichts als Luft befindet, hätte noch immer einen gewissen Reiz: nennen Sie das immerhin Luxus. Nun enthält aber das, was Mr. Wells Shaws Ideologie nennt, ebenfalls einen Schatz von Wahrheiten; nur sind es keine physikalischen, sondern moralische.

Mr. Wells tut nämlich sehr unrecht, wenn er meine irrtümliche Vermutung, er sei ein Dichter, als grobe Beleidigung empfindet. Zu einer Beleidigung gehört doch die Absicht, und diese war ganz offensichtlich nicht vorhanden. Zudem gilt das hierzulande gar nicht als Ehrenkränkung.

Nun, die Philosophie des *Pragmatism,* die der Amerikaner William James begründet hat, ist der Ansicht: unser gesamtes Weltbild ist eine Konvention, die sich durchgesetzt hat, weil sie nützlich ist, eine ›praktische Fiktion‹; und der große französische Mathematiker Henri Poincaré sagt in seinem Buch *La valeur de la science,* auch das System der Mathematik sei nur eine Konvention, es sei weder wahr noch falsch, es sei bequem; wir haben die euklidische Geometrie akzeptiert, nicht weil sie richtiger, sondern weil sie für uns wichtiger ist als die nichteuklidische. Wenn also sogar Linien, Flächen und Würfel Fiktionen sind, so brauchte Mr. Wells sich in seiner wissenschaftlichen Ehre nicht gar so gekränkt zu fühlen, weil ich auch ihm einige zutraute. Wenn Mr. Wells behauptet, ich hätte ihn, als ich ihm Phantasie zuschrieb, mit seiner Köchin verwechselt, so irrt er sich: seine Köchin hat eben die Phantasie einer Köchin, und er hat die Phantasie eines Wells – oder hätte sie, wenn er den Bericht erfunden hätte. Hingegen könnte man seine Sekretärin sehr leicht für eine Köchin halten, da sie gegen einen Briefschreiber, dessen ganze Schuld ein übergroßes Interesse an den Schriften des Mr. Wells ist, einen solchen Ton anschlägt. Ich möchte nicht gerne wissen, was für Ausdrücke sie gebraucht, wenn sie sich nicht so gelinde ausdrückt, wie sie fortwährend versichert.

Dies führt mich zu dem Zweck meines Schreibens. Der Brief der Miss Hamilton erscheint mir nämlich in mehrfacher Hinsicht verdächtig. Wenn ich einen Brief erhielte, über den ich so dächte wie Mr. Wells über meinen, würde ich entweder gar nicht antworten oder mit ein paar kühlen Zeilen. Dieser Brief ist aber ziemlich lang – wesentlich länger als der meine –, woraus ich schließe, daß Mr.

Wells aus irgendeinem Grunde ein schlechtes Gewissen hat. Dies deutet er auch am Schluß selber an, indem er sagt, es sei seine Pflicht gegen den Gelehrtenruf des Zeitreisenden, jede Auskunft zu verweigern. Auf dieselbe Vermutung führt auch die auffallend gereizte Tonart des Briefes, die durch den meinigen nicht im geringsten motiviert ist. Die Geschichte hat zweifellos einen Haken, hinter den ich gerne kommen möchte.

Also der Zeitreisende existiert. denn er ist postbekannt. Und existiert doch auch wieder nicht: denn man weiß nicht, *wo* er ist und *ob* er überhaupt ist. Denn »*gone on a journey*« kann bei diesem Reisenden sehr leicht auch Reise in die Ewigkeit bedeuten oder, was dasselbe ist, eine Reise in Welten, die durch unüberbrückbare Zeiträume von uns getrennt sind. Daß er sich aber noch immer auf der Reise befindet und inzwischen nicht ein einzigesmal wieder gelandet ist, glaube ich nicht, und zwar aus folgendem Grunde. In diesem Falle hätte nämlich Mr. Wells bloß zu sagen brauchen: es hat sich nichts Neues ereignet, der Zeitreisende ist nach wie vor verschollen. Ein Anlaß, die Auskunft zu verweigern, läge nicht vor. Andererseits gebe ich Ihnen folgendes Problem zu bedenken, über das ich oft nachgegrübelt habe: wie ist es überhaupt denkbar, daß der Zeitreisende nach Jahren zurückkehrt? Er kann doch nur sofort zurückkehren oder gar nicht. Denn wenn er sich auch ein halbes Jahrhundert lang in der Vergangenheit oder Zukunft aufhielte, so hätte er durch seine Zeitmaschine dennoch stets die Möglichkeit, wieder genau an den Zeitort zu gelangen, von dem er ausgegangen war. Für uns wäre er also gar nicht weggewesen oder doch nur die unbedeutende Zeit lang, deren er mit seiner blitzschnellen Maschine zum Durcheilen der in Frage kommenden Zeitstrecken bedurfte. Sie sehen, die Sache ist ziemlich kompliziert. Man möchte fast sagen, rätselhaft. Aber rätselhaft ist auch das Benehmen des Mr. Wells.

An diesen kann ich mich nicht gut mehr wenden, und es wäre wohl auch aussichtslos. Also bleiben nur die anderen Freunde des Zeitreisenden. Da wäre nun am naheliegendsten Mr. Blank, der ›Herausgeber‹. Ich habe mich aber für Sie entschieden, und zwar gerade weil Sie den ganzen Abend nicht den Mund auftaten. Solche Personen sind erfahrungsgemäß schriftlich sehr mitteilsam. Zudem sind Sie Journalist: und wenn ein Journalist etwas weiß, so kann er es nicht bei sich behalten. Also *wenn* Sie etwas wissen, so bitte ich Sie herzlichst, es mir mitzuteilen. Meine übrigen Bemerkungen können Sie ruhig für kontinentale Vorurteile halten.

Hochachtungsvoll
Egon Friedell

4.

Herrn Egon Friedell, Wien

London, am 20. März 1908

Werter Herr!

Ihren Brief habe ich mit großer Aufmerksamkeit gelesen: er steckt in der Tat voll von Vorurteilen. Besonders über schriftstellerische Wahrheitsliebe scheint man bei Ihnen sehr sonderbare Vorstellungen zu haben. Und die Monsterbeispiele, die Sie für die Erlaubtheit der Lügenhaftigkeit anführen, finde ich nicht sehr glücklich gewählt. Den Homer haben schon seine eigenen Landsleute, die alten Griechen, nicht ernst genommen, und nicht erst Plato, sondern schon Heraklit, der ihn einen Schädling und Flausenmacher genannt hat, und Pythagoras, der lehrte, Homer müsse in der Unterwelt büßen für die leichtfertigen Fabeln, die er verbreitet habe. Am gründlichsten hat ihn bereits der Philosoph Xenophanes abgefertigt, als er sagte, wenn der Dichter der Ilias als Ochse auf die Welt gekommen wäre, so hätte er die Olympier als Ochsen geschildert; aber diese Dinge werden wahrscheinlich auf den deutschen Schulen aus ›Idealismus‹ verheimlicht. Daß die Maschine etwas Phantastisches an sich hat, will ich nicht leugnen, aber gerade dies, möchte ich sagen, beweist ihre Realität. Denn die Wirklichkeit ist viel phantastischer und phantasievoller als alle Klügeleien und Stoppeleien der Dichter. Es ist ihnen zum Beispiel noch niemals gelungen, ein Fabeltier zu ersinnen, das zugleich originell und überzeugend wäre; aber in der Natur stoßen wir immer von neuem auf Modelle sowohl vorweltlicher als noch lebender Geschöpfe von phantastischstem Einfall, die sie mühelos komponiert hat. Teleskop-Fische, Rädertiere, Seesterne, Seehunde, Flughunde, Vogelechsen, Schrecksaurier! In einer einzigen kleinen Leberblume steckt mehr Konzeption und Gestaltungskraft als in sämtlichen Künstlergehirnen der Welt. Selbst der Drache ist nicht unsere eigene Erfindung, sondern eine Reminiszenz aus der Zeit der Flugreptilien.

Ich habe längere Zeit geschwankt, ob ich Ihren Brief beantworten soll, aber schließlich sagte ich mir, daß Ihr lebhaftes Interesse Ihnen ein Anrecht darauf gibt, die ganze Wahrheit zu erfahren. Wobei ich allerdings bemerken möchte, daß ich von dem Wert der Neugierde nicht so hoch denke wie Sie. Einer der typischsten Fälle der Weltgeschichte zum Beispiel, die Indiskretion des Kolumbus, der so lange im Atlantischen Ozean herumschnüffelte, bis er Amerika entdeckte, ist uns teuer zu stehen gekommen. Christian Science, Negerfrage, Nikotinvergiftung, Syphilis, Trustwirtschaft: das sind so die Hauptspezialitäten, mit denen dieser Erdteil uns beschenkt hat, den Amerikanismus nicht zu vergessen. Sapienti sat. Und Kartoffeln esse ich nicht.

Aber um ehrlich zu sein: der obige Grund war für mich nicht der entscheidende. Hinzu kam als wichtigstes Motiv die Rücksicht auf meinen Freund, den Zeitreisenden. Ich finde nämlich, daß Mr. Wells eine verfehlte Taktik beobachtet. Die übergroße Schroffheit seiner Ablehnung ist in der Tat geeignet, Verdacht zu erwecken. Er hätte sich zumindest dazu nicht der Miss Hamilton bedienen dürfen, denn nach der Ansicht aller, die sie kennen, ist dieser Rotkopf ein Blaustrumpf, und ein naseweiser dazu. Sie hat die Gelegenheit benützt, um allerhand Halbkenntnisse auszukramen, und sich entschieden im Ton vergriffen. Der Ausfall gegen Mr. Shaw war höchst überflüssig: was kann er denn dafür, daß er wirtschaftlich gezwungen ist, Melodramen zu schreiben (siehe Shakespeare)? Unter diesen Umständen haben Sie vollkommen recht, wenn Sie das Schweigen des Mr. Wells als das versteckte Bekenntnis einer Schuld des Zeitreisenden auslegen. Und um Ihnen zu beweisen, daß Sie unrecht haben, will ich Ihnen alles enthüllen.

Denn von einer Schuld kann hier keineswegs die Rede sein. Eher von Pech. Oder von Zerstreutheit. Schließlich kann man nicht an alles denken, das werden Sie doch verstehen. Das heißt: bis jetzt verstehen Sie noch gar nichts. Aber die Sache war im Grunde sehr einfach – so einfach, wie eben nur die Wahrheit sein kann.

Der beigebogene Bericht hat den Vorteil, daß er sich fast durchwegs aus Aufzeichnungen zusammensetzt, die sogleich nach jedem Ereignis niedergeschrieben wurden. Dies verbürgt bis zu einem fast vollkommenen Grade sowohl ihre Treue wie ihre Lückenlosigkeit. Wo der Zeitreisende spricht, habe ich mich bemüht, möglichst wörtlich zu reproduzieren, und auch dies dürfte mir in hohem Maße gelungen sein, da ich ein sehr gutes Gedächtnis besitze und außerdem als Interviewer in der Wiedergabe mündlicher Äußerungen durch ein jahrelanges Training geschult bin. Im übrigen habe ich natürlich weder das Talent noch den Ehrgeiz, ein Erzähler zu sein, aber auch der Zeitreisende ist, wie Sie bemerken werden, kein guter Erzähler: das pflegen hervorragende Naturforscher höchst selten zu sein. Newton hat zwar bekanntlich große theologische Abhandlungen verfaßt; aber die Erzählungskunst, die er in diesen entwickelt, hätte wohl kaum seinen Weltruf begründet. Mir sind nur zwei Naturforscher von Weltruf bekannt, die zugleich große Darsteller waren: der Franzose Buffon und der deutsche Professor Helmholtz. Aber auch diese beiden Ausnahmen lassen sich erklären: Buffons Gebiet war die beschreibende Naturwissenschaft, die mit Recht Naturgeschichte heißt und daher, wenn sie wahrhaft gemeistert werden will, einen großartigen Erzähler verlangt; und was Herrn Helmholtz anlangt, so war seine Krondomäne die Theorie: es sind ihm zwar einige bewunderungswürdige Erfindungen zu verdanken, zum Beispiel der Augenspiegel, aber in seiner Haupteigenschaft war er spekulativer Physiker, ich möchte sagen: Philosoph. Und der Philosoph stellt dar, der Forscher hingegen, zumal der praktische, stellt fest. Nun aber ist der Zeitreisende so durch und durch Praktiker, daß er nichts als Praktiker ist: ihn interessiert nur die Anwendung, niemals die Theorie. Und von Naturgeschichte versteht er ungefähr so viel, daß ich nicht sicher bin, ob er eine Linde von einer Eiche unterscheiden kann und ob er die Wölfe zum Geschlecht der Hunde oder der Katzen rechnet.

Da ich aus dem miserablen Englisch Ihrer beiden Briefe schließen muß, daß Sie diese Sprache nicht sonderlich beherrschen, so habe ich den Bericht durch meine Gattin Laura, geborene Müller, die selber eine Deutsche ist, übersetzen lassen. Ich setze selbstverständlich voraus, daß Sie die Mitteilungen, da sie zum Teil kompromittierendes Material enthalten, als streng vertraulich behandeln und nicht herumzeigen oder gar der Öffentlichkeit übergeben. Ich hoffe, Sie werden den Eindruck gewinnen, daß ich kein Dummkopf bin, wie Mr. Wells anzunehmen beliebt. Ich habe den ganzen Abend lang weder »aus Dummheit« noch »vielsagend« geschwiegen, sondern weil man mich nichts gefragt hat. Wir Engländer reden nämlich nur, wenn wir gefragt werden. Sie haben gefragt: hier ist die Antwort.

Anthony Transic

Vorerinnerung

Kurze Belehrung für Nichtswisser und Besserwisser

Ehe der Bericht des Mr. Transic anhebt, sei eine kurze Zwischen-bemerkung eingeschaltet, die aber eigentlich für normal intelligente Personen überflüssig ist. Sie richtet sich nur an zwei Gruppen von Menschen: Die völligen Ignoranten und jene Sorte von superklugen Eseln, die mit ihrer banalen Skepsis alles anzunagen versuchen, die Leute vom Schlage jenes Monsieur Pérès, der in einem dicken Buch den Beweis unternahm, daß Napoleon niemals gelebt habe, viel-mehr nichts anderes sei als eine Personifikation der Sonne, und der ›Baconianer‹, deren radikalster Flügel erklärt, daß nicht nur Shake-speare, sondern auch Cervantes Pseudonyme seien, unter denen Bacon geschrieben habe.

Es sind nämlich bis in die jüngste Zeit immer wieder Zweifel laut geworden, ob die Zeitmaschine wirklich existiere, ja auch nur mög-lich sei, Zweifel, die sich nur aus neidischer Mißgunst, wie sie gro-ßen Erfindern zu allen Zeiten entgegengebracht wurde, oder aus völligem Mangel an physikalischen Kenntnissen erklären lassen. Zumal seit dem Hervortreten der Relativitätstheorie sollte niemand mehr den Mut haben, Einwände vorzubringen. Der Zeitreisende sagt zur Erläuterung seiner Maschine ungefähr folgendes: »Es ist Ihnen sicherlich bekannt, daß eine ›mathematische‹ Linie, eine Linie von der Dicke ›null‹ keine materielle Existenz besitzt. Das ist eine pure Abstraktion. Ebensowenig kann ein Würfel, der bloß Länge, Breite und Höhe besitzt, eine reelle Existenz haben. Die meisten Menschen *sind* zwar dieser Ansicht. Aber denken Sie einmal einen Augenblick nach: kann ein momentaner Würfel existieren? Ich mei-ne: kann ein Würfel, der keinerlei Zeitdauer besitzt, eine reelle Exis-tenz haben? Daraus folgt, daß jeder materielle Körper eine Ausdeh-nung nach vier Richtungen aufweisen muß: er muß Länge, Breite, Höhe und – Dauer besitzen. Es gibt also vier Dimensionen, drei, die wir die drei Ebenen des Raums nennen, und eine vierte: die Zeit. Die Wissenschaft weiß sehr gut, daß die Zeit nur eine Abart des Raums ist. Betrachten Sie einmal ein ganz populäres wissenschaftli-ches Diagramm, diese Wetterkarte. Die Linie, die ich mit meinem Finger nachziehe, zeigt die Bewegung des Barometers. Gestern früh war er so hoch, gestern nachts fiel er, heute morgens stieg er wieder und so weiter. Das Quecksilber hat doch offenbar die Linie in keiner der landläufigen Richtungen des Raumes gezogen? Aber ganz zweifellos *zog* es eine Linie, und die Linie hat sich, so müssen wir schließen, längs der Zeitdimension bewegt.«

Man kann sich nicht gut klarer und einleuchtender ausdrücken. Wenn ich den Ort eines Körpers bestimmen will, so brauche ich drei Daten: wie weit ist er vor oder hinter mir, wie weit ist er rechts oder links von mir und wie weit ist er über oder unter mir – und dann weiß ich noch immer nicht, wo er ist. Denn dazu brauche ich noch die Angabe, wann er ist. Wenn ich mit einer jungen Dame um acht Uhr ein Rendezvous habe, und wir verabreden das nächste auf ›zwei Tage später, zu derselben Zeit, an genau demselben Ort: das vierte Boskett links vom Parktor‹, so ist es nicht derselbe Ort, denn die Erde hat sich inzwischen bewegt, die Sonne hat sich bewegt, das Weltsystem hat sich bewegt. Die Sonne eilt mit einer Geschwindigkeit von zwanzig Kilometern in der Sekunde auf den Fixstern Wega in der Leier zu, der aber seine Gattungsbezeichnung sehr wenig verdient, denn er rast mit einer Schnelligkeit dahin, die noch um ein Drittel größer ist als die der Sonne. Für die Milchstraße ist das aber noch gar nichts: sie legt sechshundert Kilometer in der Sekunde zurück, tausendmal so viel wie eine Kanonenkugel, und da sollte das vierte Boskett an seinem Platze geblieben sein? Für die Rendezvousdame und mich ist es der ›gleiche‹ Ort; aber, müßte ein Beobachter sagen, der in jeder Beziehung weniger leichtfertig wäre als wir beide: die zwei Orte sind nicht gleich, sondern ›gleichen‹ sich nur, wie etwa ein Würfel von sieben Meter und einer von sieben plus zwei Meter Länge, Breite und Höhe. Die genaue Ortsangabe des zweiten Rendezvous ist, angenommen, daß das erste am siebenten Mai dieses Jahres stattfand: ›viertes Boskett links vom Tor, neunter Mai, acht Uhr abends‹, wohlgemerkt: die Ortsangabe! Nur unter diesen Daten vermöchte ein kosmischer Betrachter, der nicht die Bewegung der Erde, der Sonne, der Leier, der Milchstraße automatisch mitgemacht hätte, den Rendezvousort aufzufinden. Wer glauben wollte, das Zeitdatum sei überflüssig, wäre ebenso kindisch wie der Passagier eines Überseedampfers, der annähme, er befinde sich, wenn er am Mittwoch auf der ›gleichen‹ Bank sitzt wie am Montag, an demselben Ort. Es befinden sich aber alle Körper auf einer solchen Schiffsbank! Nur die Geister nicht, weil diese, wie man zu sagen pflegt, in der ›vierten Dimension‹ leben. Das heißt: sie können sich in der Zeit vorwärts und rückwärts bewegen, wozu wir nur in den drei Richtungen des Raumes imstande sind. Deshalb vermögen sie als ›Revenants‹ aus der Vergangenheit emporzutauchen und als ›Klopfgeister‹ Zukünftiges vorherzuverkündigen. So erklären sich die so oft beobachteten Erscheinungen Verstorbener und geheimnisvollen Warnungen vor Kommendem auf eine ganz natürliche Weise. Sie erscheinen uns sofort nicht mehr als Wunder, wenn wir uns entschließen, in Dingen der Physik etwas weniger gedankenlos zu sein. Daß die Materie für Geister kein Hindernis bildet, erklärt sich von diesem Gesichtspunkt aus ebenso einfach. Die Materie hat eben vier Dimensionen, und wir vermögen uns nur in dreien zu bewegen. Wir glauben irrtümlich, unsere Schranke sei der Raum, aber gerade der ist für uns nach allen Seiten offen. Unsere große Schranke ist die Zeit, an der wir sozusagen festgewachsen sind. Wären wir Flächenwesen, die sich nur in den zwei Dimensionen des rechts und links, vorne und hinten zu bewegen vermöchten, so wäre die dritte Dimension der Höhe und Tiefe für uns das große Hindernis und Geheimnis, das Reich der Geister. Und in der Tat empfinden auch wir noch diese Dimension als die geistigere. Man ersieht hieraus, daß Personen, die noch immer die Tatsache der sogenannten Spukphänomene in Abrede stellen, dies nur ihrer geistigen Rückständigkeit und mangelhaften mathematischen Schulung verdanken. Der Glaube, daß es nur drei Dimensionen gebe, ist ein primitiver Aberglaube, und der Zweifel an der vierten Dimension ist die Skepsis eines Abc-Schülers. Lange Zeit hielt man die Fernwirkung für eine unwissenschaftliche Vorstellung, dies tat sogar noch der große Newton. Heute weiß jeder Bauer, der einen Radioapparat besitzt, daß es sie gibt. Noch vor fünfzig Jahren weigerte sich der große Billroth, an einer hypnotischen Sitzung auch nur teilzunehmen; heute wird die unbefugte Anwendung der Hypnose gerichtlich verfolgt: gewiß die höchste öffentliche Anerkennung, die sich denken läßt. Ebenso hat Kant, die größte Denkkraft, die die Welt jemals erblickt hat, in seiner berühmten Satire ›Träume eines Geistersehers‹ Swedenborg, obgleich dessen telepathische Leistungen urkundlich bezeugt waren, als Schwärmer und Erzphantasten hingestellt. Alle diese Dinge: physikalische Fernwirkung, Hypnose, Telepathie, Spiritismus (dieser sogar noch heute) sind als ›höherer Blödsinn‹ angesehen worden. Aber in solchem ›höheren Blödsinn‹

und in nichts anderem besteht der Fortschritt der menschlichen Erkenntnis.

Die Bemerkung des Zeitreisenden, daß die Zeit nur eine Abart des Raums sei, war eine geniale Antizipation der Relativitätstheorie. Diese hat einwandfrei festgestellt, daß jedem Ort eine bestimmte Zeit zugeordnet ist, daß die Zeit eine Funktion des Orts ist. Deshalb verwenden wir auch für Zeit und Raum ein gemeinsames Maß: diese Einheit ist ein ›Zeitmeter‹, das heißt: die Zeit, deren die Lichtkraft zum Zurücklegen eines Meters bedarf. Das Licht hat bekanntlich eine Geschwindigkeit von dreihunderttausend Kilometern in der Sekunde, folglich braucht es zu einem Kilometer eine Dreihunderttausendstelsekunde und zu einem Meter den tausendsten Teil davon: eine Dreihundertmillionstelsekunde. Dies ist ein Zeitmeter. Ein Zeitmeter erscheint uns als äußerst geringfügige Größe, aber das ist eben ein relativer Standpunkt! Er ist in der Langsamkeit unseres Auffassungsvermögens begründet. Hätte dieses annähernde Lichtgeschwindigkeit, so würden wir sehr wohl bemerken, daß die Zeit sich bewegt. Aber dafür würden wir wiederum so gut wie gar nicht wahrnehmen können, daß der Raum sich bewegt und die Dinge in ihm! Wir könnten es nur durch ›astronomische‹ Beobachtungen erschließen, ähnlich wie wir jetzt durch solche Beobachtungen die Bewegung der Zeit erschließen. Denn für ein so blitzschnelles Auffassungsvermögen würde es keine fallenden Steine geben, sondern nur schwebende, die während eines Menschenalters kaum merklich von der Stelle rückten, und Greise würden ihren Enkeln von der Geschichte dieser Steine erzählen; und der Flug der schnellsten Kanonenkugel würde einen Meter in etwa sechs Tagen zurücklegen, wäre also in der Tat ein ›astronomisches‹ Ereignis. Umgekehrt braucht das uns verliehene Auffassungsvermögen zum Zurücklegen eines Zeitmeters (da das Jahr rund 311/2 Millionen Sekunden zählt) fast zehn Jahre: kein Wunder, daß wir diese Größe nicht bemerken oder, wie die Mathematiker zu sagen pflegen ›vernachlässigen‹. Die Körper haben für uns keine Ausdehnung in der Richtung des Vorher und Nachher: wir glauben, ein Körper von der Dimension vier Uhr nachmittags sei derselbe, der er war, als er noch die Dimension vier Uhr früh besaß, bloß weil seine übrigen drei Dimensionen sich nicht verändert haben. Aber er ist derselbe nur in unserem Bewußtsein. Einen ähnlichen Fehler machte die Antike, als sie annahm, die Erde ruhe unveränderlich an ihrem Platze, weil es für den Augenschein so aussah. Und wir glaubten, die Zeit ruhe unveränderlich an ihrem Platze. In der Praxis des täglichen Lebens spielen beide Irrtümer ja auch tatsächlich keine Rolle. Die Sonne geht für uns noch geradesogut auf und unter wie für Ptolemäus, keinem Menschen fällt es ein, zu sagen: die Erde geht unter. Und ebenso können wir auch getrost an der Fiktion festhalten, die Zeit seit etwas Fixes, der ruhende Schoß, in dem die Körper schlafen. Es ist ein Vorurteil, aber ein ungefährliches. Wir werden die junge Dame am Boskett dennoch finden, und wenn sie unpünktlich ist, kann sie sich nicht auf die vierte Dimension ausreden. In Wirklichkeit aber sind das Fixe wir, die sich nicht in der Zeit bewegen können.

Wir. Aber nicht der Zeitreisende. Denn obgleich er kein Gespenst ist, so vermag er doch die vierte Dimension auf und ab zu gleiten, wie wir die dritte. Seine Erfindung beruht auf einer höchst einfachen Erwägung, einer so einfachen, daß er es für überflüssig gehalten hat, sie zu erläutern. Übrigens sind fast alle genialen Erfindungen einfach, Kolumbuseier. Zum Beispiel der Feuerbohrer, der Flaschenzug, die Töpferscheibe. Und doch hat es zweifellos sehr lange gedauert, bis man ihr Prinzip entdeckte. Oder gibt es etwas Einfacheres als die Dynamomaschine? Der elektrische Strom magnetisiert Stahl, der Magnetismus des Stahls vermag umgekehrt elektrische Ströme zu erzeugen. Werner Siemens ließ durch den Strom den Magneten verstärken und durch den Magneten wieder den Strom und erhielt durch dieses sich immer mehr steigernde Wechselspiel eine starke und dauernde Kraftquelle, die das Antlitz der Erde verändert hat. Man sollte meinen: darauf hätte jeder Gewerbeschüler kommen müssen.

Der Gedankengang des Zeitreisenden war folgender: Für gewöhnlich bewegen wir uns in drei Dimensionen – oder glauben es zu tun. In Wahrheit nämlich bewegen wir uns immer nur in *einer* Dimension: entweder nach vorn oder hinten oder nach rechts oder links oder nach oben oder unten. Mit einem Wort: bei jeglicher Bewegung, die wir machen, isolieren wir eine Dimension. Am deutlichsten wird dies bei der Höhenrichtung. Wenn ich einen Berg besteige, so bewege ich mich zwar seitlich und nach oben, also in zwei Dimensionen, aber nur weil meine Höhenbewegung *unvoll-*

kommen ist. Eine Lerche, ein Wasserstrahl, ein Luftballon, schon der kleine, der als Kinderspielzeug dient, steigt immer kerzengerade in die Höhe. Der primitive Mensch, der sich nur zu Fuße oder bestenfalls auf einem Tragtier nach oben bewegte, hielt diese Bewegung für selbstverständlich und dachte nicht viel über sie nach. Aber mit zunehmender Zivilisation begann man Apparate zu ersinnen, die diese Bewegungsrichtung mit vollem Bewußtsein isolierten: Aufzüge, Motoren, Äroplane, bis zum Stratosphärenflugzeug. Ganz so wie es der Luftschiffer und der Taucher in der Höhentiefendimension und schon jeder Besitzer eines Schiebkarrens in der Richtung macht, die ihm seine Nase angibt, macht es der Zeitreisende mit der Zeitdimension: er isoliert sie. Auch wir tun dies, wie soeben ausgeführt wurde, ununterbrochen, aber nur in verschwindend minimalen Beträgen, indem wir etwa alle zehn Jahre einen Zentimeter zurücklegen; und außerdem tun wir es nicht willkürlich. Wir tun es wie der unwissende Wilde, der einen Berg hinabkollert. Der Zeitreisende verhält sich zu uns wie Herr Piccard zu jenem Wilden.

Sie sehen: die Idee der Zeitmaschine ist so einfach, daß man fast enttäuscht ist. Aber die Idee ist noch nicht die Ausführung! Und zu dieser gehörten eben die fabelhaften technischen Kenntnisse und Geschicklichkeiten des Zeitreisenden. Auf die hierher gehörigen Details kann ich nicht näher eingehen: sie würden eine eigene Abhandlung erfordern und beim Leser eine Vorbereitung in der höheren und höchsten Mathematik voraussetzen, über die er kaum verfügen dürfte und die ich, offen gestanden, selbst nicht besitze. Sie werden vielleicht daraufhin finden, daß Sie ohne eine solche wissenschaftliche Demonstration nicht bemüßigt seien, an die Zeitmaschine zu glauben. Daran kann ich Sie nicht hindern, aber ich möchte Sie nur darauf aufmerksam machen, daß Sie doch auch an die Newtonsche Gravitationstheorie und an das kopernikanische System glauben. Nun, und haben Sie die Beweise überprüft? Dazu ist unter zehntausend Menschen kaum einer imstande, denn es verlangt ungewöhnliche mathematische und physikalische Kenntnisse, fast so große wie das Verständnis der Zeitmaschine. Nur das eine will ich erwähnen, daß von den Stoffen, die zum Bau des Apparats nötig sind, das Radium der wichtigste ist. Denn dieses besitzt bekanntlich die Fähigkeit, dauernd Becquerelstrahlen auszusenden und durch Atomzerfall beständig ein Gas, die sogenannte Emanation, zu erzeugen. Es ist also eine Art perpetuum mobile, das das Gesetz von der Erhaltung der Energie ignoriert. Und außerdem besteht zwischen jenen flüchtigen, zum Teil nur noch mit den feinsten Apparaturen meßbaren oder sogar unmeßbaren und bloß erschließbaren Energien und der Zeitenergie ein gewisser Zusammenhang. Denn es gibt selbstverständlich auch eine Zeitenergie, die – doch dies gehört bereits zum Bericht des Mr. Transic.

Erstes Kapitel

Zeitreisender startet

Es war am vierten Mai 1905, als der Zeitreisende seine Fahrt in die Vergangenheit antrat. Ich war über seine Pläne genauer unterrichtet als Mr. Wells, da ich noch am Abend vorher mit ihm eine längere Unterredung gehabt hatte. Er beabsichtigte durchaus nicht, zu den Sauriern zu reisen, obgleich ich etwas dergleichen gern gesehen hätte. Ich bin nämlich in meiner freien Zeit leidenschaftlicher Paläontologe, und da wäre es für mich von höchstem Interesse gewesen, zu erfahren, ob die von mir lebhaft bestrittene Hypothese Mr. Huxleys, das Ursprüngliche seien die wasserbewohnenden Tiere gewesen, sich auf diesem Wege experimentell widerlegen lasse. Ich vertrete nämlich die Ansicht, daß von allem Anfang an sowohl Landfauna wie Meeresfauna bestanden hat und... daß Landleben und Wasserleben zwei große Urtatsachen sind. Es muß also zum Beispiel in der Juraperiode von vornherein sowohl Krebstiere wie Spinnentiere gegeben haben.

Aber der Zeitreisende war durch die Abenteuer seiner Fahrt in die Zukunft mißtrauisch und nüchtern geworden. Er verwies auf die großen Gefahren einer solchen Unternehmung. Zunächst sei es völlig unsicher, ob er nicht in eine Eisperiode gelangen und sogleich bei seiner Ankunft jämmerlich erfrieren würde, denn die einzelnen Abschnitte des Jura ließen sich bei dem heutigen Stande der Wissenschaft nur mit einer Genauigkeit von zwei- bis dreimalhunderttausend Jahren berechnen. Also sei vielleicht das Turmzimmer seines Laboratoriums, in dem die Zeitmaschine steht, bei seiner Landung ein Eisblock und er mitten drin! (Ich brauche wohl kaum daran zu erinnern, daß sich die Zeitmaschine nur in der Früherspäterdimension bewegt, der Ort, an dem sie sich befindet, aber stets der gleiche bleibt.) Ja, wer verbürge ihm, ob er überhaupt auf Festland träfe? Wisse man denn auch nur annähernd, wie die Gegend von Richmond in der Jurazeit ausgesehen habe? Vielleicht war sie ein Golfstrom, vierhundert Meter unter dem Meeresspiegel. Vielleicht aber auch das Kerngebiet eines aktiven Kraters. Und ob Ertrinken oder Verkohlen dem Erfrieren vorzuziehen sei: das sei eine offene Frage. Und schließlich und vor allem interessiere ihn dieses ganze

Spinnenzeug inklusive meiner Theorie überhaupt nicht. Da ich sah, daß er nicht umzustimmen sei, versuchte ich sein Interesse wenigstens auf den ersten Menschen zu lenken. Dies sei doch eine Angelegenheit von höchstens ein- bis zweihunderttausend Jahren. Er brauche bloß mit seiner Maschine in Intervallen von, sagen wir, fünftausend Jahren, das Terrain abzusuchen, bis er auf menschliche Spuren träfe. Und das sei doch gewiß eine Frage, die für jedermann von höchstem Interesse sei.

»Für jedermann«, eiferte sich der Zeitreisende, »aber nicht für mich! Glauben Sie, ich habe Lust, mich mit der Rückständigkeit und Rechthaberei der Gelehrten herumzuschlagen? Würde das, was ich ihnen zu berichten hätte, in ihr derzeitiges System passen, so würden sie mit überlegenem Lächeln erklären, das hätten sie ja schon immer gewußt; wenn es nicht hineinpaßt, werden sie es mit demselben Dünkel als ›Dilettantismus‹ ablehnen. Ich aber halte *ihre* ganze Entwicklungstheorie für Dilettantismus. *Natura non facit saltus!*«

Er hatte überhaupt einen Widerwillen gegen alle ungarantierten Zeiten gefaßt, wie er sie nannte. Schon das Altertum lehnte er ab. »Man würde«, führte er aus, »meinen Apparat für eine römische Kriegsmaschine halten und mit einem Pfeilregen empfangen. Und überhaupt gibt es nichts Uninteressanteres als das antike Britannien. Bessere Indianer, weiter nichts! Es war eine unbegreifliche Marotte Julius Cäsars, dieses Land zu erobern, eine fast ebenso rätselhafte wie sein Mangel an Aberglauben, der ihn das Leben gekostet hat. Aber auch das englische Mittelalter kann mir gestohlen werden: lauter Raubrittereien! Und fast noch ärger sah es bei uns zur Zeit der Reformation aus: nichts als stupide und ordinäre Glaubenskämpfe! War man ein frommer Katholik, der dem Papst anhing, so wurde man als Hochverräter enthauptet; war man ein ehrlicher Protestant, der nichts von Zeremonienwesen wissen wollte, so wurde man als Kirchenschänder gehängt; war man ein strenger Calvinist, der die Brotverwandlung leugnete, so wurde man als Ketzer verbrannt. Aber auch die berühmte ›Aufklärung‹ ist mir nicht aufgeklärt genug. Erinnern Sie sich doch nur, was Papin mit seinem Dampfboot passierte! Und wenn man mir meine Zeitmaschine ebenfalls in Stücke schlüge, welcher entsetzliche Gedanke, daß ich den ganzen Rest meines Lebens in einer schweren unsauberen

Haarmütze und einem verschwitzten, drahtgesteiften Samtpanzer verbringen müßte, ohne Gabel, ohne Nachthemd, ohne Straßenbeleuchtung, als Bodenbelag eine Mischung aus Kienruß und Bier, und daß ich, der ich gewohnt bin, mit der Zeitmaschine zu reisen, fortan gezwungen wäre, in einer Schneckenkutsche zu fahren, die alle zehn Minuten im Morast steckenbleibt, oder in der dunklen luftlosen Luke eines Segelschiffs, in steter Gefahr, zu stranden, von Piraten überfallen zu werden oder zumindest infolge ausschließlichen Genusses von Pökelfleisch und Dörrgemüse den Skorbut zu bekommen!«

»Ja, zum Donnerwetter«, rief ich ungeduldig, »warum wollen Sie denn dann überhaupt Ihren Apparat in Bewegung setzen, wenn Ihnen keine Zeit paßt?«

»Weil ich ins Jahr 1840 kommen will.«

»Was damals los war, können Sie doch in jeder alten Nummer der ›Times‹ nachlesen. Übrigens war meines Wissens damals gar nichts los.«

»Doch. In jenem Jahr hat Carlyle seine sechs Vorlesungen über ›Helden, Heldenverehrung und das Heroische in der Geschichte‹ gehalten. Wie oft habe ich mir schon gewünscht, den warmen und harten Prophetenklang dieser Stimme zu hören, diesen breiten schottischen Dialekt, der wie ein Gesang ist, diesen eigentümlich holprigen und feurigen Redefluß, der dahinbraust wie ein Wildbach über Geklüft und Gestrüpp! Da es damals noch kein Grammophon gab, muß ich zur Zeitmaschine greifen.«

Ich war wie aus allen Himmeln gerissen. Dazu also hatte der Zeitreisende mit dem höchsten Aufwand an Ingenium, Scharfsinn und Geschicklichkeit seine Wundermaschine erbaut, um die überheizten Tiraden dieses barocken Landpredigers zu vernehmen! Aber sogleich mußte ich über meine eigene Besorgnis lächeln. Ich wußte: der Zeitreisende war ein viel zu kühner und wissenshungriger Forscher, als daß er dabei stehenbleiben würde. Es konnte gar nicht anders kommen, als daß er von da zu den überraschendsten und fruchtbarsten Entdeckungen fortschreiten würde. Hierin sollte ich mich freilich gründlich getäuscht haben. Das heißt, nicht in ihm: an Mut und Erkenntnisdrang fehlte es ihm tatsächlich nicht, sondern in seinen Entdeckungen, die wohl überraschend waren, aber nicht ebenso fruchtbar.

Es war schon spät geworden: »Wann reisen Sie?« fragte ich.

»Morgen punkt zehn Uhr vormittags.«

»Dann erwarte ich Sie etwas nach zehn in Ihrem Laboratorium, um zu erfahren, ob Mr. Carlyle wirklich so penetrant schottisch gesprochen hat. Und vielleicht machen Sie auch ein paar nette Aufnahmen. Aber ich glaube: damals gab es ja ohnehin schon Daguerreotype?« Ich wandte mich zur Tür.

»Nein, tun Sie das lieber nicht«, rief mich der Zeitreisende noch einmal zurück. »Erwarten Sie mich nicht zu der Zeit, von der ich ausgegangen bin.«

»Ja, wann denn sonst?« fragte ich erstaunt.

»Ja, sehen Sie«, erwiderte er etwas verlegen, »es ist vielleicht eine Schrulle von mir, aber ich möchte nicht gern als vorzeitig Gealterter herumgehen.«

»Wie meinen Sie das?«

»Nun, es könnte doch sein, daß es mir in dem gemütlichen London der Vierzigerjahre so gut gefällt, daß ich ein halbes Jahr dort bleibe oder gar noch länger: drei, vier, fünf Jahre. Jetzt denken Sie: ich komme an denselben Zeitort zurück, und alle meine Altersgenossen, aber auch meine übrigen Bekannten sind sich völlig gleichgeblieben, bloß ich bin älter geworden. Ich habe ein paar graue Haare bekommen, ein paar neue Falten, und vor allem bin ich seelisch älter geworden. Dadurch würde plötzlich ein ganz schiefes, ganz irrationales Verhältnis zu meinen Mitmenschen entstehen. Zu einem Jugendfreund müßte ich plötzlich ›junger Freund‹ sagen, und dieser würde von sich denken: ›ich habe mich doch viel besser konserviert‹. Jemand, der um fünf Jahre jünger war als ich, wäre nun auf einmal um das Doppelte jünger. Kurz, ich käme mir vor wie einer, der in der Klasse sitzengeblieben ist. Aber auch bei viel kürzeren Zwischenräumen, schon bei zehn oder zwanzig Tagen, würde seelisch etwas nicht stimmen. Die Zeit ist eben ein sehr subtiler Gegenstand, der mit feinen Fingerspitzen, ich möchte sagen: mit Takt angefaßt werden will. Nicht umsonst ist Takt auch eine Be-

zeichnung für Zeitmaß. Ich werde also genau so lange ausbleiben –
als ich ausgeblieben bin.«

»Und woran werde ich merken, daß Sie wieder da sind?«

»Ich verständige Sie sofort. Auf dem Wege, den wir gewohnt
sind. Und den nur wir gewohnt sind. Ist's recht so?«

»Danke. Guten Start!«

Zweites Kapitel

Das rätselhafte Funkentelegramm

Nach seinen letzten Eröffnungen erwartete ich den Zeitreisenden nicht allzubald zurück. Die paar Vorträge wären zwar schnell absolviert gewesen, und daß er sich im viktorianischen London besonders wohl fühlen werde, bezweifelte ich stark. Denn damals gab es zwar keine Perücken und bier-ruß-bestrichenen Fußböden mehr und andrerseits schon Gabeln, Nachthemden und Gasbeleuchtung, ja sogar bereits Streichhölzer und Stahlfedern (bei uns, auf dem Kontinent erst viel später!) und den ersten Schraubendampfer, aber einem Mann von dem Unternehmungsgeist des Zeitreisenden konnte das nicht genügen. Ich war daher, wie gesagt, fest überzeugt, daß er sich alsbald auf ganz andere Abenteuer begeben werde. Mit einem Märchenapparat, gegen den Fausts Zaubermantel eine Kleinigkeit ist und sogar das lenkbare Luftschiff nichts Besonderes wäre, forscht man nach der Beantwortung anderer Fragen als der Carlyleschen, ob Mahomet ein Scharlatan und Cromwell ein Held war. Ich nahm also eine mehrwöchige Abwesenheit als Mindestmaß an und verbrachte die nächste Zeit ohne besondere Spannung. Indes, schon nach kurzem erstattete er mir seinen ersten Bericht, aber nicht persönlich, sondern auf eine andere und sonderbare Weise.

Der Zeitreisende und ich gehören zu den wenigen Privatpersonen in London, die an ihrem Hause eine Station für drahtlose Telegraphie besitzen; wahrscheinlich sind wir sogar die einzigen. Da der Staat für die Ausbeutung und Vervollkommnung dieser neuen Erfindung so gut wie nichts tut, sind die Wißbegierigen und Fortgeschrittenen darauf angewiesen, sich um diese Dinge aus eigener Initiative zu kümmern. Jeder eiserne Balkon und jedes Regenrohr kann schon als Antenne dienen, und beim Empfang naher Sendungen arbeiten solche Ersatzantennen sogar besonders gut. Die Errichtung eines genügend langen Senderdrahts ist schließlich keine kostspieligere Sache als ein Blitzableiter; und den Fritter kann man sich mit einiger Geschicklichkeit selber herstellen. Aber die Menschen machen vernünftige Sachen nur, wenn sie behördlich dazu gezwungen werden. In die American Bar gehen sie von alleine. Immerhin hatte diese Gedankenfaulheit der Londoner für uns auch ihr Gutes: bei unserem Funkenverkehr ereigneten sich niemals Störungen, denn die einzigen Engländer außer uns, die miteinander drahtlos telegraphierten, sind ein paar Schiffskapitäne und Küstenbedienstete. Wir benützten unsere Apparate ziemlich häufig, aber zumeist war der Zeitreisende der Sender und ich der Empfänger. Er telegraphierte mir interessante Beobachtungen, Experimente, Berechnungen, manchmal sogar gelungene Scherze. Auch diesmal hatte er mir in seinen Abschiedsworten versprochen, mich, angekommen, sofort drahtlos zu verständigen.

Es war etwa sechsunddreißig Stunden nach seiner Abreise, gegen zehn Uhr abends, als der Kohärer anschlug. Ich eilte zum Taster und empfing ein Telegramm des Zeitreisenden, das mich mit Erstaunen und Verwirrung erfüllte. Es lautete: »Schrecklicher unvorhergesehener Zwischenfall. Lebe und bin gesund, aber Sie werden mich nie wiedersehen. Ihr trostloser M.«

Ich war wie mit einem Hammer vor den Kopf geschlagen. Im ersten Moment dachte ich an eine Mystifikation. Aber von wem sollte diese ausgegangen sein? Die Tatsache unserer beiden drahtlosen Stationen war nur meinen nächsten Freunden bekannt, den Freunden des Zeitreisenden überhaupt nicht: selbst Mr. Wells wußte nichts davon. Und keinem dieser wenigen war ein so geschmackloser und roher Scherz zuzutrauen. Auch hätte der Verüber eines solchen Unfugs einen Einbruch in die versperrte Wohnung des Zeitreisenden unternehmen müssen, wozu gewiß keiner dieser Gentlemen fähig war. Erst allmählich gelang es mir, meine Gedanken zu sammeln. Von welchem Punkte der Erde kam dieses Funktelegramm? In welcher fernen Gegend weilte der Zeitreisende, daß er genötigt war, diesen Benachrichtigungsweg einzuschlagen? Aber das war ja Unsinn! Er war doch nur in die eine Dimension der Zeit gereist und hatte das Turmzimmer seines Laboratoriums gar nicht verlassen. Was veranlaßte ihn also, sich dieses Fernsprechmittels zu bedienen, da er doch nur eine Droschke zu nehmen brauchte, um in meine Wohnung zu gelangen? War er durch irgend etwas in seiner Bewegungsfähigkeit behindert und genötigt, sich auf diese Weise von seinem Hause aus mit der Umwelt zu verständigen? Lag er vielleicht krank im Bett? Aber er telegraphierte doch deutlich: »lebe und bin gesund«. Oder befand er sich in der Macht eines feindlichen Willens? Aber dann hätte er um Hilfe ersucht. Und was bedeutete dieses rätselhafte: »Aber Sie werden mich nie wiedersehen«? Hatte er den Verstand verloren? Vielleicht war er in seinem kühnen Forschungsdrang zu weit in die Zeit gereist, in die geheimnisvolle schrankenlose Tiefe der Zeit und hatte dort an das furchtbare Problem der Unendlichkeit gerührt und dadurch seine engen menschlichen Sinne so verwirrt, daß er als Geistesgestörter zurückkehrte? Welche von diesen Vermutungen war die richtige? Vielleicht keine.

Ich beschloß, mir sofort Gewißheit zu verschaffen und mich nach seiner Wohnung zu begeben. In fliegender Hast, ohne Hut, stürzte ich auf die Straße. Nach dem ›Londoner Stadtlexikon‹ sollen siebentausend von den elftausend Lohnkutschen, die London besitzt, Hansoms sein, aber noch nie habe ich eines erwischt, wenn ich es brauchte. Natürlich trottete auch diesmal wieder ein Cab herbei. Ich versprach dem Kutscher ein halbes Pfund, und wir eilten davon, wenn dieser Ausdruck gestattet ist.

Die Villa machte den Eindruck völliger Unbewohntheit. Still und friedlich lag sie da, in der milden Wärme der schönen Frühlingsnacht. Grillen zirpten in der Ferne, um die Gaslaterne schwirrten lustig die Maikäfer, am Gartenzaun blühten die Dotterblumen, und aus einer Nachbarvilla krächzte ein Grammophon den Refrain des schönen Liedes »The honey and the bee«: »Du bist der Honig, und ich bin die Bien'!«; und ich mußte unwillkürlich denken: ob sich der Zeitreisende wohl jetzt an einem Zeitort befindet, wo es keine Grammophone gibt? Am Eingang ein Zettel: »Gone on a journey.« Ich hämmerte mit dem Klopfer gegen die Tür: es regte sich nichts. Ich stemmte mich mit aller Kraft gegen sie, bis sie nachgab. Ein vorbeikommender Policeman hätte gegen den Mann ohne Hut, der die Tür eindrückt, vermutlich die feindseligsten Gedanken gehegt. Natürlich hatte ich die Streichhölzer vergessen. Ich tappte mich ins Haus hinein, und erst nach längerem Suchen in der schwachen Mondbeleuchtung fand ich im Schreibzimmer eine Schachtel. Aber das Gas war abgestellt, ich mußte zurück zum Gasmesser. Endlich konnte ich Licht machen. Auf dem Schreibtisch war alles so ziemlich unverändert. Auf der Mittelplatte lag eine Tabelle mit Berechnungen, die vorher noch nicht dagewesen war. Wahrscheinlich hatte er noch kurz vor seiner Abreise gearbeitet. Darauf begab ich mich in den ersten Stock ins Laboratorium, wo noch eine vergessene rote Glühlampe brannte wie das Ewige Licht. Auch dort einige Spuren neuerlicher Arbeit, aber keine wesentlichen Veränderungen. Im Turmzimmer keine Zeitmaschine: also doch auf der Zeitreise! Aber vor kaum einer Stunde mußte er doch von hier aus telegraphiert haben? Völlig unerklärlich! Ich trat ins Freie – das Grammophon war inzwischen in einen ordinären Cakewalk übergegangen – und voll banger und unklarer Gedanken kehrte ich nach Hause zurück.

Drittes Kapitel

Man erfährt den Namen des Zeitreisenden

Die nächsten Tage und Nächte verbrachte ich in fruchtlosen Grübeleien. Ich erwog die abenteuerlichsten Möglichkeiten. Vielleicht handelte es sich um ein Geistertelegramm? Es gibt bekanntlich Poltergeister, denen allerlei Schabernack schon zuzutrauen ist. Oder am Ende war er selber schon ein Verewigter? Aber er hatte doch ausdrücklich hervorgehoben: »lebe«. Und selbst wenn sich diese Bemerkung mit einiger Gezwungenheit so deuten ließ, daß er damit das ›höhere Leben‹ im Jenseits meine, so wäre es doch auf jeden Fall gänzlich sinnlos, wenn ein Geist von sich behaupten wollte, er sei gesund. Andererseits war aber wieder in Rechnung zu ziehen, daß die Äußerungen, die auf spiritistischem Wege zu uns gelangen, sehr oft unzusammenhängend, widersinnig und unverständlich sind.

Es waren inzwischen fünf Tage vergangen. Ich saß mit meiner Frau beim Frühstück, und wir debattierten; natürlich über das Telegramm. Meine Frau vertrat als neueste Auffassung die Ansicht, »Sie werden mich nie wiedersehen« bedeute Abbruch des Verkehrs, ich hätte den Zeitreisenden durch irgend etwas gekränkt und er wolle nun nichts mehr von mir wissen.

»Aber er sagt doch etwas von einem unvorhergesehenen schrecklichen Zwischenfall«, widersprach ich erregt.

»Dieser Zwischenfall war eben dein Benehmen«, sagte Laura. »Du –« in diesem Augenblick schlug der Kohärer an.

Ich stürzte zum Apparat und las das Telegramm ab. »Gott sei Dank«, rief ich erfreut, »er kommt!«

»Wer sagt dir denn das?« erwiderte Laura, die bereits den Taster mit abgehört hatte.

»Nun, er telegraphiert doch: Kommet bestimmt heute zehn bis elf in mein Studierzimmer. Sonst alles verloren.«

»Jawohl, *Du* sollst kommen«, wiederholte Laura hartnäckig, »aber von *ihm* steht in dem Telegramm nichts.«

»Aber weshalb sollte er mich denn in seine Wohnung bestellen, wenn er nicht da ist? Übrigens: warum ist sonst alles verloren?«

»Das wirst du ja in zwei Stunden erfahren.«

Der Sicherheit halber fand ich mich schon um halb zehn in dem bezeichneten Zimmer ein – diesmal, wo ich keine Eile hatte, boten mir zwei Hansoms ihre Dienste an – und wartete gespannt auf die Dinge, die da kommen würden. Trotz Lauras Einwänden war ich fest überzeugt, daß der Zeitreisende zur angekündigten Zeit mit seiner Maschine eintreffen werde. Die Wohnung war natürlich unverändert; bloß auf dem Schreibtisch fand ich das Lichtbild einer schönen, jungen Dame mit einem Stuartkragen, das ich das letztemal offenbar übersehen hatte, und auf der Rückseite die Worte: »Sie fahren an die fernsten Küsten, aber in ihrer eigenen Seele reisen sie nicht (Lactantius).« Übrigens unwesentlich. Um Viertel elf hörte ich ein surrendes Geräusch auf dem Tische. Ein nebelhaftes Etwas rotierte mit einer rasenden Geschwindigkeit, die die Papiere ins Flattern brachte, verlangsamte sich, wurde deutlicher und blieb schließlich mit einem knackenden Laut stehen. Ich hob es auf: es war die kleine Zeitmaschine.

Sie werden sich erinnern, daß der Zeitreisende, ehe er daran ging, den großen Apparat für seinen eigenen Gebrauch zu bauen, ein kleines Modell anfertigte, das für sich allein in die Zeit reisen konnte. Oder vielmehr zwei: eines sandte er in Gegenwart mehrerer Personen, unter denen auch ich mich befand, zur Probe auf Nimmerwiederkehr in die Zeit (er wußte selber nicht, ob in die Vergangenheit oder in die Zukunft), ein zweites behielt er zurück. Dieses hielt ich jetzt offenbar in der Hand. Ich öffnete das kleine Ding und fand darin einen Zettel. Ich entfaltete ihn: es war ein Brief des Zeitreisenden, seine eigene Handschrift, die mir wohlbekannten, etwas eigensinnigen und schnörkeligen Gelehrtenzüge. Er lebte also noch und war wohl auch noch im Besitz seiner Dispositionsfähigkeit.

Das Schreiben gab mir allerdings wenig Aufschlüsse über seine derzeitige Situation. Es waren nur ein paar hastig hingeworfene Worte; dabei hatte die Schrift etwas Fahriges, Nervöses, und ich konnte aus gewissen Kennzeichen (ich bin ein wenig Graphologe) darauf schließen, daß der Schreiber sich in einem Zustand hochgradiger geistiger oder körperlicher Abspannung befunden haben mußte. Bisweilen war ein ›ist‹ oder ›und‹ ausgelassen: der Brief war zweifellos in Eile oder Verwirrung geschrieben. Er lautete:»Lieber Mr. Transic. Bitte gehen Sie an das zweite Büchergestell links von der Tür, dort stehen auf dem vierten Regal eine Anzahl Jahrgänge der Vierteljahresschrift ›Mind‹. Auf dem Vorsatzblatt des neunten Bandes befindet sich eine mit Bleistift geschriebene Zahlentabelle. Reißen Sie sie heraus und stecken Sie sie in die Zeitmaschine. Ferner werden Sie in meinem Laboratorium in einer grünen Schale ein Quantum Pechblende finden. Auch dieses in die Zeitmaschine. Das Ganze adressieren Sie an den sechsten Dezember 1904. Ich beschwöre Sie, alles genau und prompt auszuführen. Mein ganzes Lebensglück hängt davon ab. Ich werde mich von nun an regelmäßig auf diesem Wege mit Ihnen in Postverbindung setzen.«

Obgleich der Inhalt des Briefes mich keineswegs merklich klüger machte, besorgte ich selbstverständlich alles sofort, wie angegeben, und schickte die Zeitmaschine in den bezeichneten Tag. Die Handhabung ist ungemein einfach. Man muß nur den Zeiger auf den gewünschten Termin einstellen und auf den einen der beiden weißen kleinen Hebel drücken, der mit ›back‹ bezeichnet ist. Ein Surren, eine immer gespenstischer werdende Kreiselbewegung, und das Maschinchen war verschwunden.

Aber was bedeutete das alles? Den Zeitort, an dem der Zeitreisende sich aufhielt, wußte ich nunmehr, aber was hatte er denn zum Henker im Dezember 1904 zu suchen? Noch nachdenklicher als das letztemal das Grammophon sang gerade:»Ach sagen Sie geschwind, sind Sie das schöne Kind, das gestern zur Nacht, es war so um acht, mich hat angelacht« – verließ ich die Villa.

Laura sagte bloß:»Ich habe ja gleich gesagt, daß er nicht selber kommen wird.«

Am nächsten Tag wurde ich schon um fünf Uhr morgens durch den Kohärer geweckt. Das Telegramm meldete nur fünf Worte:

»Unglücklicher, wo bleibt die Maschine?« Ähnliche Mahnungen regnete es nun in der nächsten Zeit zu den verschiedensten Tages- und Nachtzeiten und in den verschiedensten Tonarten: drohend, bittend, anklagend, gebieterisch, zerknirscht, so daß Laura und ich allmählich in eine Art Wahnsinnszustand gerieten. Warum war die Zeitmaschine nicht angekommen? Ich hatte sie sorgfältig adressiert, ein Versehen war ausgeschlossen. Am meisten aber brachte uns zur Verzweiflung, daß wir nicht herausbekommen konnten, wie und wo die Telegramme aufgegeben waren. Ich verbrachte zu diesem Zweck einen ganzen Tag in der Wohnung des Zeitreisenden und beauftragte meine Frau, wenn Telegramme ankämen, die Empfangszeit genau zu notieren. An diesem Tage kamen vier Telegramme an, aber an dem Sender des Zeitreisenden hatte sich nichts gerührt. Nach und nach wurden die Sendungen aber seltener, und schließlich hörten sie ganz auf. Die letzte lautete: »Sie sind ein Rhinozeros.«

Wochen um Wochen waren seitdem vergangen. Wir sprachen noch immer stundenlang von unserem verschollenen Freund, aber bereits ohne Hoffnung. Auch an seinem Hause ging ich noch öfters vorbei, aber nur noch aus einer Art wehmütiger Pietät. Mit traurigen Gedanken betrachtete ich die einsame Villa, in der so viele kühne und originale Entwürfe das Licht der Welt erblickt hatten, alle nun ohnmächtiges Papier, da der einzige, der sie in die Wirklichkeit hätte übersetzen können, auf eine dunkle Reise gegangen war. Eines Abends – es war bereits der sechste Juli – stand ich wiederum in seinem Garten, über die Unvollkommenheit menschlichen Wissens brütend. Es war ein schöner Abend, wie damals, als ich das erste Telegramm erhielt. Wiederum tanzten die Nachtschmetterlinge um die Flamme der Straßenlaterne, am Zaun blühten schon die Heckenrosen, Frösche quakten um die Wette mit dem Grammophon, das den neuesten Schlager sang:

»Ja, so ein Auto, das ist was Feines, was Ungemeines, bald groß, bald kleines.« Da erblickte ich in dem erleuchteten Rahmen des Fensters, das zum Studierzimmer des Zeitreisenden gehört, die Silhouette einer hohen, etwas gebückten Gestalt, die mir, ein wenig matt, mit der Hand zuwinkte. »*Sie* sind es?« stammelte ich verdutzt. »Ja«, sagte mit müder Stimme Mr. James MacMorton, denn er war es.

Viertes Kapitel

Der Widerstand der Erdzeit

Er sah ein wenig herabgekommen und derangiert aus: bleich, mit tiefliegenden Augen, vernachlässigter Kleidung, gedunsenem Gesicht und rötlicher Nase; und merklich gealtert, so daß ich unwillkürlich denken mußte: vielleicht ist er doch bedeutend länger ausgewesen als zwei Monate. Er bat mich, Platz zu nehmen, und mit ein wenig rauh klingender Stimme sagte er:»Ich bin schon seit ein paar Tagen hier. Aber ich habe mich noch nicht völlig gesammelt. Ich habe viel durchgemacht. Aber das ist ja jetzt vorbei. Die Hauptsache: die Zeitmaschine ist ein Irrtum. Für die Vergangenheit gänzlich unbrauchbar. Aber im streng wissenschaftlichen Sinn eigentlich auch nichts für die Zukunft. Vorbeigelungen. Ein stupides Spielzeug.«

»Aber –« sagte ich.

»Ich werde Ihnen alles erklären. Natürlich hätte ich bei einigem Nachdenken das Ganze im voraus wissen müssen. Übrigens auch Sie. Aber Sie haben wenigstens die Entschuldigung, daß Sie verheiratet sind.«

»Ja aber –«

»Sie werden alles der Reihe nach erfahren. Es strengt mich nur noch etwas an.«

»Möchten Sie nicht ein Glas Portwein nehmen? Sie scheinen sehr abgespannt zu sein.«

Der Zeitreisende winkte heftig ab.»Nein. Keinen Alkohol. Davon habe ich genug abbekommen. Aber eine Pfeife wird mir guttun. Sie gestatten doch, daß ich mir im Erzählen meinen Tabak mische?« Dabei griff er zu einer Tätigkeit, die er immer mit großem Eifer und einer gewissen Wichtigkeit ausübte. Sie bestand darin, daß er etwa ein Dutzend Päckchen verschiedener in- und ausländischer Tabaksorten auf eine sehr gewissenhafte Weise vermischte. Zuerst schüttete er alles zusammen, dann grub und knetete er es mit beiden Händen ineinander, bildete kleine Häufchen, die er ähnlich bearbeitete, und schließlich goß er das Ganze in einen polierten Holzkasten, den er gründlich schüttelte; und diese primitive Beschäftigung schien ihn zu erheitern und zu zerstreuen. Diesmal aber, glaube ich, tat er es aus einem andern Grund, nämlich um eine gewisse Verlegenheit zu verbergen. Es war in sein Wesen etwas Unsicheres und Resigniertes gekommen, das ich früher an ihm nicht gekannt hatte, eine gewisse Gedrücktheit, wie sie Menschen eigen ist, die Blamables oder Kränkendes erlebt haben. Und es war ein sonderbares Schauspiel, wie er da, in die höchst gleichgültige Beschäftigung des Tabakmischens scheinbar angelegentlich vertieft, langsam und tonlos seinen merkwürdigen Bericht begann. Allmählich wurde er aber etwas wärmer, und ich glaube, am Schlusse siegte wieder seine alte Heiterkeit über ihn, jene Heiterkeit, die jedem echten Denker eignet, indem sie ihn lehrt, die Erscheinungen des Lebens von oben zu betrachten.

»Punkt zehn Uhr«, begann er, »natürlich Londoner Zeit, auf die auch meine Maschine abgestellt ist, begab ich mich programmmäßig auf die Reise – oder vielmehr: ich versuchte es. Ich klebte einen Zettel für die Post an die Tür, sperrte als vorsichtiger Mann den Gasmesser ab, begab mich ins Turmzimmer und bestieg den Apparat. Ich schaltete eine mittlere Geschwindigkeit ein und drückte den Hebel für ›Zurück‹ nieder: aber es ereignete sich nicht das geringste. Ich drückte stärker, schließlich, so stark ich konnte, auf die Gefahr hin, eine zu hohe Anfangsgeschwindigkeit zu bekommen und über das Jahr 1840 hinauszuschießen: es rührte sich nichts; der Zeiger des Zifferblatts blieb unbeweglich auf Null. Ich untersuchte die Maschine von oben bis unten in ihren sämtlichen Teilen: es war alles in tadelloser Ordnung. Ich bestieg sie nochmals: sie änderte ihr Verhalten nicht. Ich verwendete den Rest des Tages darauf, alle Formeln noch einmal genau zu überprüfen; aber alles stimmte bis aufs i-Tüpfelchen. Es war klar: irgendein besonderer Umstand, ein prinzipielles Hindernis mußte mir entgangen sein.

In solchen Fällen – es war natürlich nicht das erstemal, daß meine Berechnungen ganz unvermutet durch eine unbekannte Instanz durchkreuzt wurden – pflege ich die Sache zu betrinken. Ich bin nicht der Ansicht der extremen Abstinenzler, daß der Alkohol die menschlichen Geisteskräfte unter allen Umständen brachlegt und schwächt. Wo es auf blitzartiges Erfassen entlegener Zusammenhänge und kühne, bis zur Absurdität neue Kombinationen ankommt – und darauf beruhen ja alle Entdeckungen und Erfindungen –, kann er bisweilen recht gute Dienste leisten. Ich machte mir also einen Grog zurecht, und da es schon Mai war, meinen berühmten ›kalten Grog‹. Das Rezept, nach dein ich dieses vortreffliche Getränk bereite, ist, wie Sie vielleicht schon wissen, ungemein einfach. Ich fülle ein Wasserglas zu einem Drittel mit Eiswasser und ergänze das restliche Volumen mit Jamaikarum: ein äußerst erfrischendes Sommergetränk. Wenn man die Sache komplizierter machen will, kann man noch in jedes Glas zehn Gramm Zucker hineintun; ich halte das aber für eine übertriebene Finesse und außerdem den hundertgrammweisen Genuß von Zucker für unhygienisch. Und nun trank ich langsam und methodisch, indem ich in die Luft starrte und mich bemühte, an gar nichts zu denken. Denn der Geist des Rums arbeitet am besten, wenn man ihn nicht stört.

Ich weiß nicht, beim wievielten Glase ich hielt, als tatsächlich wie ein Blitzschlag die Erleuchtung kam. Ich hatte ganz einfach den Widerstand der Erdzeit übersehen. Wie dieses Hindernis zu besiegen sei, war mir allerdings noch völlig unklar, aber ich war froh genug, wenigstens den Schlüssel des Rätsels in der Hand zu haben; die praktische Lösung der Frage konnte ich ohnehin erst am nächsten Tage mit ausgeruhtem Gehirn in Angriff nehmen. Ich begab mich zu Bette und schlief einen so guten Schlaf, wie man ihn nur nach einem so vorzüglichen Schlummergetränk haben kann.

Fünftes Kapitel

Die Dame von übermorgen

Der Zeitreisende hatte seine Mischtätigkeit beendet, begann seine schöne lange Pfeife zu stopfen und wiederholte langsam:

»Widerstand der Erdzeit. Sie verstehen?«

»M – nicht ganz«, erwiderte ich.

Der Zeitreisende hatte seine Pfeife in Brand gesetzt. »Die Sache ist doch ungemein einfach. Ein jeder Körper *ist* nicht nur Zeit, sondern *hat* auch Zeit. Mit anderen Worten: er besitzt nicht nur eine bestimmte *Zeitdimension,* sondern auch eine bestimmte *Zeitenergie.* Die Zeitenergie eines Körpers findet ihren Ausdruck in dem Weg, den er in der Zeiteinheit zurücklegt. Eine Kanonenkugel zum Beispiel absolviert in einer Sekunde vier- bis sechshundert Meter: diese vier- bis sechshundert Metersekunden sind ihre Zeitenergie, die sich, wie jede andere Energieform, entweder als potentielle Energie (Energie im Spannungszustand) oder als lebendige Energie (Energie in Aktion) zu äußern vermag. Ebenso besitzt jeder Stein, jeder Pfeil, jeder Blitzstrahl, jeder Wasserstrahl eine bestimmte Zeitenergie, die man im unwissenschaftlichen Sprachgebrauch als seine ›Geschwindigkeit‹ zu bezeichnen pflegt. Als Einheitsmaß für *räumliche* Energie hat Helmholtz bekanntlich das ›mechanische Wärmeäquivalent‹ aufgestellt: der Wärmemenge, die imstande ist, die Temperatur eines Pfunds Wasser um einen Grad zu erhöhen, entspricht die mechanische Kraft, deren es bedarf, um ein Pfund 425 Meter hoch zu heben; auf denselben Generalnenner läßt sich natürlich auch jede chemische, elektrische, magnetische oder sonstige räumliche Arbeitsleistung bringen. Das Grundmaß nun für die *zeitliche* Energie jedes Körpers, seine ›Pferdekraft in der Zeit‹, wenn ich mich so ausdrücken darf, ist die Lichtgeschwindigkeit: dreihunderttausend Kilometer in der Sekunde; ein ungeheures Energiequantum, von dem aber die meisten irdischen Körper nur einen winzigen Bruchteil besitzen. Die Energie ist nach der Formel, die schon Leibniz aufgestellt hat, gleich dem Produkt aus der Masse m und dem Quadrat der Geschwindigkeit v. Die Geschwindigkeit wiederum erfahren Sie, wenn Sie den Weg s durch die Zeit t dividieren. Die

Formel ist also $m(-s/t)2$. Sie ersehen daraus, daß die vorhin erwähnte Kanonenkugel, die der vulgären Anschauung mit einer sehr hohen Zeitenergie ausgestattet erscheint, in Wahrheit eine sehr geringe besitzt, denn ihre Masse ist gering und die Größe v noch viel geringer, da ihr Zähler s sechshundert Metersekunden beträgt, ihr Nenner t aber dreihundert Millionen Metersekunden (die Lichtgeschwindigkeit) und im Quadrat gar nur dreihundert Billionen. Da war meine Zeitmaschine doch wirklich ein Bedürfnis! Gleichwohl besitzen alle Menschen eine gewisse Zeitenergie, mit der sie sich fortbewegen, auch *ohne* meine Zeitmaschine, nur eben nicht so schnell: nämlich mit *ihrer* Zeitmaschine. Diese Zeitmaschine ist die *Erde*. Sie dreht sich, wie jedes Kind weiß, innerhalb vierundzwanzig Stunden um ihre Achse: dieses Arbeitsquantum an Zeitenergie bezeichnen wir als ›Tag‹. Wie man in der Elektrotechnik von einer Spannung von soundsoviel ›Volt‹ oder einem Widerstand von soundsoviel ›Ohm‹ spricht, so reden wir von einer Erdzeitleistung von sieben ›Tag‹, dreißig ›Tag‹, dreihundertfünfundsechzig ›Tag‹: die für diese Quanten gebräuchlichen Fachausdrücke dürften Ihnen bekannt sein. Die Zeitenergie eines ›Tag‹ wird errechnet, indem man die Masse der Erde mit dem Quadrat ihrer Geschwindigkeit multipliziert. Diese Geschwindigkeit s/t ist gleich dem Erdumfang von vierzigtausend Kilometern, dividiert durch vierundzwanzig Stunden oder 86400 Sekunden, das sind nahezu 463 Metersekunden. Die Geschwindigkeit der Erde ist also geringer als die unserer schnellsten Geschosse, dafür ist aber ihre Masse sehr bedeutend. Aber an meiner Zeitmaschine gemessen, ist auch diese Energie, die wir kurz die ›Erdzeit‹ nennen wollen, nicht erheblich. Würde die Erde sich um ihre Achse in zwölf Stunden drehen und der Erdumfang achtzigtausend Kilometer betragen, so wäre die Zeitmaschine, auf der wir permanent reisen, viermal so schnell, als sie jetzt ist, ihre Energie, die ›Erdzeit‹, viermal so groß, eine Erdsekunde viermal so kurz. Das ist doch vollkommen klar, nicht wahr? Nun komme ich mit meiner Zeitmaschine, die ja unvergleichlich bedeutendere Energien zu erzeugen vermag. Aber man darf eines nicht vergessen: meine Zeitmaschine ist und bleibt eine *irdische* Zeitmaschine. Sie ist daher mit demselben Quantum an Erdzeit ausgestattet wie alle übrigen Körper dieses Planeten. Ferner kann ich mir mit meiner Maschine jeden Zeitort beliebig wählen, nur den Ort der ersten Abfahrt nicht, der für mich unverrückbar festgelegt ist: er ist immer die Gegenwart, die durch den Zeigerstand ›null‹ angezeigt wird. Beides war für mich nicht nur irrelevant, sondern sogar ein Vorteil, solange ich *mit* der Erdzeit, das heißt: in die Zukunft reiste; in dem Augenblick aber, wo ich in die Vergangenheit, nach rückwärts, also *gegen* die Erdzeit fuhr, bildete ihre Energie einen Hemmungskoeffizienten, den Widerstand der Erdzeit, den ich zu überwinden hatte. Nun sollte man glauben, daß das für meinen Apparat eine Kleinigkeit hätte sein müssen, denn die Leistung der Erdzeitmaschine ist doch gegenüber den Zeitenergien, die ich zu entwickeln vermag, sehr gering. Gewiß! Aber jede Bewegung braucht doch eine noch so geringe Anfangsgeschwindigkeit, einen Impuls, um in Gang zu kommen, und woher sollte ich den nehmen? Ich konnte nicht anfangen, wenn ich die Erdenergie gegen mich hatte, denn solange meine Maschine *noch nicht* lief, steckte sie rettungslos in der Erdzeit, die sich nur nach vorne bewegt, und um sie ins Laufen zu bringen, dazu *brauchte* ich eben die Erdzeit. Sie allein war es, die mir die notwendige Anfangsgeschwindigkeit geben konnte; deshalb vollzog sich der Start in die Zukunft auch so äußerst glatt. Mit einem Wort: ich konnte nicht *abstoßen*. Eine lächerliche Situation; ich mit meiner gigantischen Maschine im ohnmächtigen Kampfe mit diesen 463 Metersekunden Erdzeit!

Aber schon am nächsten Morgen, als ich im Bette über den Fall meditierte, kam ich auf die Lösung des Knotens. Ich hatte nichts weiter zu tun, als ein Stückchen *vorzufahren*. Ich mußte die Erdzeit benutzen, um abzustoßen, ein Stück in die Zukunft fahren, anhalten, umdrehen und dann wieder zurückfahren. Dann besaß meine Maschine bereits ein genügend großes Quantum an potentieller Energie, um den Widerstand der Erdzeit überwinden zu können. Kurzum: ich mußte sie mit Zeitenergie *laden*. Dann konnte ich ohne Schwierigkeit über die Jetztzeit und ihre antagonistische Bewegung hinwegsetzen. Es war also ganz einfach das, was man beim Springen einen Anlauf nennt, nur mit dem Unterschied, daß man beim Anlauf zurückgeht: ich aber lief vor.

Ich war über die rasche Lösung so erfreut, daß ich beschloß, sofort zu reisen. Ich war prachtvoll ausgeschlafen und das Wetter herrlich: die Vögel zwitscherten ausgelassen in den frischen Maimorgen, die Luft sang, die ganze Natur dampfte von duftendem Leben und reckte sich daseinsfreudig der Sonne entgegen. Ich kleidete mich eilig an, hängte Kamera und Feldstecher um und fuhr, es war sieben Uhr zehn, in bester Laune in den siebenten Mai: für die Überwindung der Erdzeit hätte zwar *ein* Tag Zeitenergie genügt, ich nahm aber vorsichtshalber das doppelte Quantum. Das Turmzimmer war bei meiner Ankunft natürlich völlig unverändert; wie ich aber umdrehen wollte, fiel mir ein, daß ich in der Eile vergessen hatte, zu baden und zu frühstücken. Ich begab mich also nach unten. In meinem Studierzimmer bemerkte ich, daß doch nicht alles beim alten geblieben war, denn erstens war das Wetter in unwirtlichen Nebel und Sprühregen umgeschlagen, und zweitens saß dort eine junge Dame, die bestimmt vorher nicht dagewesen war, eine aparte Erscheinung mit bronzenen Haaren und meerblauen Augen, nach meiner Taxierung eine Studentin. Sie kauerte unbeweglich im melancholischen Schein des Regentages und blickte düster vor sich hin. Als sie mich erblickte, schreckte sie nervös empor, indem sie verwundert ausrief:»Ja was machen *Sie* denn hier?«

»Ja was machen *Sie* denn hier?« replizierte ich unwillkürlich und wenig höflich, und, mich verbessernd, setzte ich hinzu:»Sie müssen entschuldigen. Ich bin hier bei mir.«

»Das weiß ich«, sagte die aparte Dame, sich sammelnd, »und *Sie* müssen entschuldigen. Wenn ich geahnt hätte, daß Sie so bald zurückkommen würden, hätte ich niemals... Ich weiß nicht, wie ich es Ihnen erklären soll ... es war sicher sehr unpassend von mir... aber ich hatte den sehnlichen Wunsch, einmal diese Räume zu sehen, in denen ein solcher Mann... und heute, als ich vor dem Kolleg an Ihrem Hause vorbeiging, fand ich die Tür bloß angelehnt, und da –«

»Ich bedaure, daß ich Sie gestört habe«, sagte ich etwas verwirrt.

»Sie haben mich tatsächlich gestört«, sagte sie stockend. »Nämlich... ich hatte die Absicht, Ihnen mein Bild zu bringen... aber natürlich nur in Ihrer Abwesenheit... ich hatte mir vorgestellt, daß Sie es irgendwann einmal finden, wenn Sie wieder an Ihrem Schreibtisch sitzen... «

In der Tat lag auf meinem Schreibtisch ihre Photographie. »Vielen Dank«, sagte ich. »Das Bild ist entzückend. Aber was auf der Rückseite steht –, von irgendeinem Kirchenvater, wenn ich nicht irre? – verstehe ich nicht ganz.«

»Ja leider«, sagte sie und ihr Antlitz nahm wieder den düstern Ausdruck von vorhin an. »Und vielleicht«, fuhr sie fort, »wäre es überhaupt besser, wenn ich es wieder mitnehme. Denn jetzt ist das eine ganz falsche Situation... «

»Denken Sie, ich sei überhaupt gar nicht dagewesen«, sagte ich, und da ich fühlte, daß meine Verlegenheit wuchs, fügte ich hinzu:

»Ich muß ohnehin gleich wieder fort. Wollen Sie meinem Start beiwohnen?«

»Oh, gerne«, erwiderte sie mit freudiger Teilnahme.

»Aber«, fragte ich im Hinaufgehen, weniger aus Neugierde als um Konversation zu machen, »woher wußten Sie denn überhaupt, daß ich auf Reisen bin?«

Sie senkte den Kopf. »Erstens klebte doch der Zettel an Ihrer Tür, und dann... aber das war schon wieder ganz ungehörig... ich habe nämlich einige Ihrer Depeschen an Mr. Transic abgehört... «

»Nein!« rief ich ehrlich erstaunt. »Und ich dachte, wir wären die einzigen drahtlosen Telegraphisten! Wer hat Ihnen denn das beigebracht?«

»Ich studiere mathematische Physik«, sagte sie errötend.

»Also *daher* Ihr Interesse? Und ich hätte Sie auf Kunstgeschichte taxiert!«

»Ja, daher mein Interesse«, wiederholte die schöne Scholarlady.

Ich hatte den Sattel der Maschine bestiegen. »Ich werde Ihnen alles von mir erzählen.«

»Sie wollen mir von sich erzählen?« fragte sie gespannt.

»Ja, alles, alle Erlebnisse meiner Reise.«

»Ach so. Das wird doch ohnehin in allen Zeitungen stehen.«

»Aber Ihnen werde ich es zuerst erzählen.«

»Das darf ich nicht annehmen. Ich kann Sie doch nicht Ihrer kostbaren Zeit berauben.«

»Aber niemand hat doch so viel Zeit wie ich! Mir gehört doch alle Zeit der Welt!«

Die fremde Dame antwortete nicht sogleich. Dann sagte sie leise: »Das glauben Sie nur. Niemandem gehört die Zeit so wenig wie Ihnen.«

»Das verstehe ich nicht ganz.«

»Nun«, fuhr sie in lebhafterem Tone fort, »Sie sind doch ein Reisender. Allerdings die originellste Art von Reisendem, die die Welt jemals gesehen hat, das gebe ich zu – aber immerhin! Der Reisende ›sieht sich die Welt an‹: aber das hat zur Folge, daß er sich die einzige Welt, die wirklich ist, nämlich seine eigene, *niemals* ansieht! Deshalb hat auch die Legende für die größte Sünde, die Ahasver beging, als er dem guten Heiland das Dach verweigerte, die schrecklichste Strafe ersonnen und ihn zum ewigen Weltreisenden gemacht. Und warum fahren die Menschen irgendwohin, wo sie nichts zu suchen haben? Weil sie sich selbst nicht ertragen! Aber gerade dieses gefürchtete ›eigene Ich‹, vor dem sie in fremde Länder davonlaufen, fährt als blinder Passagier überallhin mit.«

Ich war etwas ergriffen. »Mein Fräulein«, sagte ich, »wenn Sie so seelenvoll sprechen, so vergißt man, daß Sie schön sind.«

»Das ist wundervoll gesagt«, erwiderte sie mit gesenkten Blicken, »aber eben nur gesagt. Und jetzt, bitte, reisen Sie! Ich *bitte* Sie darum.«

Ich wollte noch etwas sagen, aber sie sah mich so flehend an, daß ich unwillkürlich den Hebel niederdrückte. Aber die Maschine ging schon wieder nicht! Ich drückte und drückte: es wiederholte sich das Spiel vom Tage vorher, sie blieb auf Null.

Die schöne Kollegin verfolgte mit Teilnahme meine Bemühungen, und ich erklärte ihr den Fall. »Herrgott«, rief ich verzweifelt, »habe ich denn schon wieder etwas übersehen?«

»Das kann ich natürlich nicht beurteilen«, sagte sie, »aber wenn ich Ihnen einen Rat geben darf: fahren Sie ruhig los.«

»Aber wohin denn?«

»Irgendwohin. So lange, bis es geht.«

»Aber das ist sehr riskant! Ich werde nicht immer das Glück haben, in so angenehme Gesellschaft zu geraten wie diesmal. Bedenken Sie: wenn ich in irgendeine trostlose Zeit der Überzivilisation verschlagen werde, wo die Menschen in Riesenstädten unter der Erde wohnen – denn daß es einmal dazu kommen wird, scheint mir ausgemacht –, oder in die barbarischen Zeitläufe einer neuen Völkerwanderung, und ich kann nicht mehr zurück!«

»Das ist nicht zu befürchten. Einmal *muß* es gehen. Sie sind doch auch von Ihrer *ersten* Reise in die Zukunft anstandslos zurückgekehrt.«

»Das ist wahr! Dieser Gedankengang ist zwingend. Sie sind klug, Miss –«

»Gloria. Aber ich bin gar nicht so klug. Die Männer gelangen zu ihren Einfällen durch Verstand, wir durch – Interesse.«

»Also Sie nehmen wirklich ein ernstliches Interesse an meiner Arbeit?«

»Gewiß. Hätte ich denn sonst so viele Ungehörigkeiten begangen?«

Ich hatte wieder meinen Sitz eingenommen. »Miss Gloria«, sagte ich, »hören Sie mich an. Ich bitte Sie, nur wenige Minuten noch hier zu verweilen. Wohin ich fahren werde, weiß ich noch nicht; aber wohin ich zurückkehren werde, das weiß ich. Hier am siebenten Mai werde ich landen, bei *Ihnen* werde ich landen.«

Sie schüttelte den Kopf. »Tun Sie das nicht, Mr. Morton«, sagte sie sanft, aber bestimmt. »Ich werde nicht eine Minute länger hier bleiben. Es hätte auch keinen Zweck. Unsere Zeiten sind zu verschieden.«

»Sie meinen: so verschieden, daß sie sich nie schneiden können?«

»Ja«, sagte sie leise. Und wie wenn sie zu sich selbst spräche, fügte sie langsam hinzu: »Es wäre denn, wenn –«

»Wenn –«, fragte ich gespannt und beugte mich vor. Aber ihre Worte sollten tatsächlich ein Monolog bleiben. Denn während ich mich im Sattel aufrichtete, drückte ich unversehens den Hebel auf stärkste Geschwindigkeit, und ehe Miss Gloria ihren Satz vollendet hatte, befand ich mich im Jahr 1995.

Sechstes Kapitel

London am Himmel

Ärgerlich stoppte ich ab. Die Maschine stand noch immer im Turmzimmer, was meine Laune ein wenig verbesserte, denn es war immerhin recht schmeichelhaft für mich, daß es nach neunzig Jahren noch existierte. Aber bei näherer Betrachtung bemerkte ich, daß es sich einigermaßen verändert hatte. Die Wände bestanden aus einer Art flüssigem, schwach irisierendem Metall, und rings um den Plafond liefen zitternde Stangen aus einer blau-grünen Lichtmasse. Ich begab mich ins Freie, nicht ohne meine Maschine mitzunehmen; mir war nämlich noch rechtzeitig eingefallen, daß die Ankunft im Turmzimmer bei der Fahrt ins Jahr 1340 nicht ratsam sei, denn damals stand es noch nicht: ich wäre also in der Luft gelandet und zwei Stockwerk tief zu Boden gestürzt. Ich lehnte den Apparat ans Haus und blickte um mich. Von Pflanzenwuchs war keine Spur: weithin nichts als eine homogene glasig schimmernde Fläche. Rings in der Luft kein Laut: denn es gab auch offenbar keine Tiere; andrerseits auch kein Grammophon. Ja ich möchte sogar sagen, daß es auch keine Luft gab: sie atmete sich völlig geschmacklos und erinnerte in ihrer Fadheit an destilliertes Wasser. Ich hob den Feldstecher: aber ich konnte weit und breit kein London entdecken. Als ich ihn sinken ließ, bemerkte ich in meiner nächsten Nähe einen jungen Mann von intelligentem, aber teilnahmslosem Gesichtsausdruck, der unbeweglich vor einer lackschwarzen Lichtschlange stand. Er grüßte mit einem Senken der Augenlider und sagte: »Der Herr ist Hochschotte?«

»Nein«, erwiderte ich etwas verwundert. »Warum meinen Sie?«

»Weil Sie die altertümliche Nationaltracht anhaben, die nur noch von den Bauern in Hochschottland getragen wird.«

Daran hatte ich gar nicht gedacht. Ich nahm mich allerdings in meinem ›Pfeffer und Salz‹-Anzug, dem hohen Kragen und den steifen Manschetten neben meinem Gegenüber etwas sonderbar aus, dessen ganze Kleidung in einer enganliegenden gelblichen Asbesthaut bestand. Ich sagte: »Nein, das hat einen anderen Grund. Sie haben doch sicher schon etwas von einer Zeitmaschine gehört?«

»Nein«, erwiderte der unbewegliche Mann, »davon habe ich nichts gehört.«

Es erschien mir unter meiner Würde, nähere Erklärungen zu geben, und ich sagte bloß: »Darf ich fragen, weshalb Sie sich dann hier aufhalten?«

»Ich bin Observer bei der Energiefaktorei Savory & Son.«

»Und welche Arten von Energie erzeugen Sie?«

»Welche Arten? Es gibt doch nur *eine!* Und wir erzeugen selbstverständlich alles: Pelze, Eier, Holz, Salz, Milch, Gemälde, Urmetall!«

»Und für wen machen Sie das alles?«

»Na, für die Londoner!«

»Aber wo *ist* London?«

Der Asbestmann deutete mit den Augenlidern nach oben. Ich blickte in die Höhe und sah ein Häusermeer mit Markthallen, Kasernen, Rennbahnen, Theatern, Kathedralen – am Himmel! London lag nicht mehr ›überm Meer‹, sondern über der Erde! Wie das zustandegekommen war, genierte ich mich, den Mann an der Lichtschlange zu fragen: er hätte mich sonst wirklich für einen schottischen Gebirgsanalphabeten gehalten. Übrigens ließ es sich so ziemlich kombinieren: es war offenbar gelungen, die Gravitationsenergie zu bemeistern und mit deren Hilfe die Höhenlage der Körper beliebig zu verschieben. Ich dachte: für die Luftkurorte ist diese neue Lage Londons jedenfalls eine ruinöse Sache; aber der Londoner Nebel dürfte sich dadurch nicht gerade verringert haben – im Gegenteil! Und vorsichtig, um meine Ignoranz nicht allzusehr zu verraten, fragte ich nebenhin: »Und wie ist man mit dem Wetter zufrieden?«

»Mit unserem Wetter war noch jeder zufrieden«, sagte mein Gegenüber. »Glauben Sie, Savory hätten sonst schon seit vier Jahren für ganz Südengland das Wettererzeugungsmonopol? Es heißt ja nicht umsonst eine Redensart: ›zuverlässig wie Savorys Wetter‹. Und dabei schlagen unsere Wolkenpreise jede Konkurrenz. Aber allen kann man es natürlich nicht recht machen. Wenn wir kondensieren, heißt es: bei dem Regen geht kein Mensch in die Luftspiele!

Und wenn wir sublimieren, heißt es: an einem so schönen Tag nimmt sich kein Mensch ein Stratotaxi! Und gut geht's ja ohnehin niemandem.«

»Aber erlauben Sie, wenn Sie alles, was es gibt, erzeugen, kann es doch keine Not geben!«

»Ja, das ist eben das Rätsel! Je mehr wir kriegen, desto weniger haben wir! Das war doch im kleinen schon in den Vierzigerjahren so, als das Goldland Ophir entdeckt wurde. Sind wir vielleicht dadurch reicher geworden? Im Gegenteil! Ebenso war es doch auch, als in Europa noch die Zollschranken bestanden, mit den Einzelländern: je mehr Waren eines hatte, desto ärmer war es! Oder sehen Sie mich an: als Observer habe ich bloß dazustehen, für den Fall, daß wider Erwarten etwas nicht klappen sollte, wie der Souffleur im Theater. Ich habe also eigentlich gar nichts zu tun. Infolgedessen bin ich elend bezahlt. Und warum? Weil die verdammte Energiefaktorei mit ihren Atomdissoziatoren von zwölfeinhalb Milliarden Pferdekräften alles ganz von alleine macht! Dabei kämpfen wir seit Jahren vergeblich um den Zweiundzwanzigstundentag.«

»Zweiundzwanzigstundentag? Ja, um Gotteswillen: wann schlafen Sie denn dann?«

Der Asbestmann riß die Augen auf. »Schlafen? Ja gibt's denn bei Ihnen zuhause kein Ultraviolett?«

»Nicht... überall«, stotterte ich verlegen.

»Da werden Sie aber bei dem heutigen Überangebot schwer mitkommen. Denn sehen Sie: bei der derzeitigen Lage des qualifizierten Arbeiters... «

Das Gespräch drohte ins Sozialpolitische überzugehen, ganz wie die Gespräche von 1905. Ich sagte daher ablenkend: »Kann man hier irgendwo baden und frühstücken? Ein Glas Bier würde mir genügen.«

»Bier? Was ist das? Aber wenn Sie frühstücken wollen, so nehmen Sie doch oben in der Stadt am ersten besten Automatenzerstäuber einen Sauerstoffimbiß! Und ein Bad können Sie sogar gratis haben. Da brauchen Sie bloß links hinters Haus ins ultrarote Feld zu treten. Übrigens«, fügte er etwas geringschätzig hinzu, »Sie kommen wohl von sehr weit her?«

»Ja«, beendigte ich das Gespräch, »ich komme aus einer ziemlich entfernten Gegend.«

Ich hatte genug vom Jahr 1995. Ich brauche das wohl nicht näher zu begründen. Indem ich hastig auf meinen Apparat zustrebte, stolperte ich – und fiel durch den Asbestmann. Er war projiziert.

Ich machte mich daran, meine Maschine zu besteigen, deren Sitz mir etwas breiter vorkam, und hantierte an den Hebeln. Sie funktionierten schon wieder nicht! Aber diesmal nicht nur der für Vergangenheit, sondern auch der für die Zukunft! Der dicke Angstschweiß trat mir auf die Stirn. Eine unausdenkbare Vorstellung, für immer hier bleiben zu müssen, in diesem scheußlichen Jahr 1995 , wo Gemälde in Energiefaktoreien hergestellt wurden und ein Regenbogen ein Konkurrenzgeschäft war! Wo es zum Lunch Sauerstoff und zum Mittagessen Kunsteier gab und in Kleidern hinterm Haus gebadet wurde! Und wo die Erholung statt in acht Stunden Federbett in Bestrahlung mit Ultraviolett bestand und die Geselligkeit in Gesprächen mit Kerls, die von weiß Gott wo übertragen waren! In diesem Moment bekam ich jedoch einen Rippenstoß, und eine näselnde Stimme sagte: »Herr, was machen Sie auf meinem Radiodrom?« Nie hätte ich es für möglich gehalten, daß man jemandem für einen Rippenstoß so dankbar sein könnte! Ich hatte mich geirrt: es *war* gar nicht meine Zeitmaschine. Sie stand unversehrt ein paar Schritte daneben. Ich hörte noch, wie ein Mensch in einer phosphoreszierenden Bluse mit einem Lichthelm, indem er mit einem tadellosen Sprung auf den anderen Apparat aufsaß, aufgebracht murmelte: »Was fällt Ihnen ein, an meinem Kathodensammler herumzuspielen? Das größte Malheur kann passieren. Schauspielerbagage. Scheren Sie sich lieber auf Ihre Theaterprobe! Und überhaupt hasse ich historische Stücke!« – aber gleich darauf war er mit einem dumpfen Knall verschwunden, nichts als den zischenden Streifen einer veilchenblauen Flamme hinter sich zurücklassend.

Siebentes Kapitel

Die beiden Ägypter

Ich machte mir keine weiteren Gedanken über diesen eingebildeten Sportfex und bestieg meine Maschine. Sie ging! Nicht nur nach vorne, auch in die Gegenrichtung! Ich hatte den Widerstand der Erdzeit überwunden. Hocherfreut fuhr ich los; zunächst vorsichtshalber ganz langsam. Die Sonne ging unter oder vielmehr: umgekehrt auf; und auf, indem sie umgekehrt unterging. Ich schaltete eine etwas stärkere Geschwindigkeit ein. Der Mond verlor ein Viertel nach dem andern oder vielmehr: bekam es. Allmählich begann sich auch Vegetation zu regen: umgehauene Bäume, die sich wieder aufrichteten; Früchte, die sich in Blüten verwandelten; verdorrte Blätter, die ergrünten; Sträucher, die ihre Zweige einzogen; Pilze, die in die Erde schossen. Voll Behagen sog ich die Luft ein, die wieder normal geworden war. Denn zu den vielen fatalen Eigentümlichkeiten jener gräßlichen Zeit, der ich soeben glücklich entronnen war, gehörte es auch, daß sie infolge des Mangels an jeglichem pflanzlichen Leben keinen Ozon besaß. Alles Vegetabilische: Kartoffeln, Getreide, Hülsenfrüchte und dergleichen wurde ja von Savory und ähnlichen Firmen auf mechanischem Wege erzeugt. Es gab große ›Obstwerke‹, ›Gemüsewerke‹ und so weiter: wozu also Anpflanzungen? Mit der Vegetation war natürlich auch alles tierische Leben verschwunden, das für unseren Geschmack einer Landschaft erst den letzten Reiz verleiht: Käfer und Schmetterlinge; Vögel und Bienen; Nager und Kriechtiere. Ob die Londoner von 1995 auch ihre animalische Nahrung künstlich herstellten, konnte ich in der Kürze nicht feststellen: vielleicht waren sie von ihr ebensogut abgekommen wie von den geistigen Getränken, oder vielleicht, ich traue es ihnen zu, delektierten sie sich an Fleischgas und luden einander zu Alkoholinjektionen ein.

Ich hing dergleichen müßigen Vermutungen nach, als ich plötzlich an meiner Maschine eine unheimliche Veränderung bemerkte. Sie fuhr unsicher, geriet sozusagen ins ›Schleudern‹, der Zeiger zitterte unruhig hin und her, die Bewegung kam ins Stocken. Irgendeine unbekannte Gegenkraft hemmte den bisher so glatten Ablauf des Mechanismus. Woher sie kam, war mir natürlich völlig unklar, aber ihre Wirkung war nur zu deutlich spürbar. Prinzipiell sind selbstverständlich Störungen in der vierten Dimension genausogut möglich wie in den drei anderen, aber ich hatte geglaubt, in der Praxis mit derartigem kaum rechnen zu müssen. Wirkte vielleicht die Zeitenergie der Erde sich erst jetzt auf eine geheimnisvolle Weise aus? Oder vielleicht – noch naheliegender – war ich in den Wirkungsradius einer anderen Zeitmaschine gekommen, am Ende gar mit ihr kollidiert! Ich befand mich im Jahr 1957: da mußte es schon viele Zeitmaschinen geben. Aber so oder so: ich war ganz unzweifelhaft in einen *Zeitschatten* geraten und hatte dadurch die Gewalt über mein Fahrzeug verloren. Eine sehr heikle Situation: etwa so, wie wenn bei einem dahinsausenden Expreßzug aus mysteriösen Gründen auf einmal die Kesselfeuerung versagt. Zum Nachdenken war da nicht viel Zeit, und in dem instinktiven Gefühl, damit das Richtige zu tun, riß ich die Maschine jäh herum, das heißt: ich drückte den Gegenhebel tief hinunter und fuhr zurück oder vielmehr vor, indem ich mit einer Geschwindigkeit von fast einem Zehntel Zeitmeter in der Sekunde, die mich schwindeln machte, in die Zukunft raste. Aber damit war ich noch rechtzeitig der gefährlichen Einflußsphäre des geheimnisvollen Zeitschattens entwichen. Der Zeiger wies auf das Jahr 2123. Aufatmend stoppte ich ab und – schwebte doppelmannshoch über der Erde! Der Boden Londons hatte sich gesenkt! In jähem Schreck dachte ich zuerst weniger an mich als an meine Maschine. Aber schon stürzten wir.

Es geschah uns aber gar nichts. Wir sanken in einen teigweichen Lehmteppich. Ich atmete zum zweitenmal auf und betrachtete die Gegend, die mir beinahe wiederum zum ewigen Aufenthalt bestimmt gewesen wäre. Denn wäre meine Maschine zertrümmert worden, so hätte ich sie ohne Material und Tabellen nie wieder rekonstruieren können. Soweit ich blicken konnte, sproßten aus dem üppigen Boden, der sich bei näherer Betrachtung als eine Art zäher, merkwürdig goldgelber Schlamm erwies, die herrlichsten Gewächse, die einen würzigen, fast betäubend starken Duft ausströmten: kolossale gefächerte Purpurblumen von der Form eines unsymmetrischen Papierdrachens, durchsichtige Riesenpflanzen in den Farben zarter Glaspaste, die aussahen wie ans Land versetzte Glockenmedusen, und merkwürdige Stauden, die zweierlei Gewächse hervorbrachten: die einen wie große violette Ananasäpfel, die anderen wie meterlange ziegelrote Spargel.

Nichts regte sich. Nur eine große kupferglänzende Eidechse kroch an mir empor und blieb ohne die geringste Scheu auf meiner Schulter sitzen. Häuser gab es auch diesmal keine zu sehen. Ich blickte empor: aber London stand auch nicht mehr am Himmel.

»Also doch unter der Erde«, murmelte ich, und gleich darauf erblickte ich zwei männliche Gestalten, die sich mir langsam näherten. Ihre Haut hatte die Farbe tiefen Bronzebrauns, und auf ihren sanften bartlosen Gesichtern ruhte ein feierlicher entrückter Ernst. Angetan waren sie mit einem viereckigen Stück Wollstoff, das um Schultern und Hüften geschlungen war; sonst trugen sie keinerlei Kleidung: keine Schuhe, keine Kopfbedeckung. Als sie meiner ansichtig wurden, stutzten sie; dann grüßten sie zeremoniös, indem sie die flache Hand auf die Stirn legten und mich ehrerbietig umwandelten. Als diese Prozedur beendet war, sagte der ältere der beiden in einem reinen, aber sehr altertümlichen Englisch, etwa aus der Zeit Chaucers, wie ich es seit meiner Schulzeit nicht mehr gehört hatte:

»Wir können uns nicht erklären, wie der Selige hierhergekommen ist.«

Bei diesen Kolonialen konnte ich nicht gut eine Kenntnis meiner Zeitmaschine voraussetzen. Ich bemühte mich daher, ihnen, so kurz und so gut es ging, das Wesen und die bisherigen Schicksale meiner Erfindung zu erläutern. Sie hörten mir aufmerksam und mit offenkundigem Verständnis zu, und dann sagte der jüngere:

»Dann ist es der Hochselige, dessentwegen wir hierher gekommen sind.«

»Wie meinen Sie das?«

»Wir kommen vom sechsten Katarakt«, antwortete der ältere. »Dort ist unsere Heimat und unsere Arbeitsstätte: die Große Schule. Sie besteht seit mehr als dreitausend Jahren. Als sie gegründet wurde, herrschten über Ägypten noch die Söhne des Amon.«

»Und womit beschäftigt sich diese Schule?« fragte ich.

»Mit Geschichtsforschung. Wir zählen bereits dreiundzwanzig Lehrerdynastien. Aber uns beiden fiel das Los zu, die Ufer der Heimat verlassen zu müssen. Als die ersten. Vielleicht auch die letzten.«

»Aber«, fragte ich, »wenn Sie sich niemals vom sechsten Katarakt entfernten, wie konnten Sie denn da Geschichtsforschung betreiben?«

»Wir tun es nicht nach den Methoden, die im Abendland üblich sind – oder vielmehr waren. Diese Methoden fußten auf logischen Konjekturen und auf empirischen Untersuchungen: Ausgrabungen, Archivstudien, Inschriftenentzifferungen. Diese Quellen trügen. Sie sind vieldeutig, trübe, doppelzüngig und oberflächlich. Wir versuchen, uns der geschichtlichen Wahrheit auf reineren Pfaden zu nähern, die sicherer leiten: durch Innenschau, sympathetisches Erfühlen, Fernwitterung und geistige Schlüsse, aber nicht logische, sondern intuitive. So entrollt sich den Begnadeten unter uns nach vorne und rückwärts ein klares lückenloses Bild des Weltgeschehens in Gesichten.«

»Und warum haben Sie sich dennoch schließlich zur Empirie entschlossen?« fragte ich etwas ironisch.

»Eines Tages – es war das erstemal seit den Zeiten unseres erhabenen Stifters – mußten wir zu unserem Befremden bemerken, daß unsere Intuitionen sich verwirrten, ineinanderschoben und in nebelhaftes Grau zerflossen. Irgendeine geheime Gegenkraft, etwas Fremdes, Feindliches und Auflösendes hatte sich in die Kette des Geschichtsablaufs gedrängt und drohte sie zu sprengen. Wir erfühlten seinen Sitz im Norden, und auf uns fiel die Wahl, es aufzusuchen. Wir wandern bereits seit zweieinhalb Jahren. Und nun haben wir es gefunden.«

»Und was ist es?«

»Was sonst als Ihre Zeitmaschine? *Sie* ist das große Unvermutbare im historischen Geschehen, das Unvorhergesehene und – der Erhabene wird verzeihen – Nichthineingehörige. Sie ist das *Widergeschichtliche*. Sie macht jeden Geschichtsablauf unmöglich, indem sie ihn jederzeit umkehren, rückgängig machen, verdoppeln, verschieben, in Absurdität ersticken kann.«

»Ja, aber meine Zeitmaschine ist doch nun einmal da! Und die Weltgeschichte auch! Die beiden müssen sich eben vertragen.«

»Das ist unmöglich. Es gibt nur zwei *einseitige* Lösungen. Entweder es gibt keine Weltgeschichte, oder es gibt keine Zeitmaschine.«

»Wenn dem wirklich so ist, so ist das für die Weltgeschichte sehr bedauerlich. Denn die Zeitmaschine gibt es doch zweifellos. Oder zweifeln Sie daran?«

Der Ägypter antwortete nicht sogleich. Dann sagte er sinnend: »Diese Frage läßt sich nur durch Innenschau lösen. Jedenfalls war es eine wunderbare Fügung, daß wir genau in dem Augenblick hier eintrafen, als Sie landeten. Wunderbar und doch im Spiegel einer höheren Kausalität sehr begreiflich, ja fast selbstverständlich.«

»Ja, ich wollte eigentlich gar nicht hierher«, sagte ich. »Die Ursache war ein unerklärlicher Zwischenfall.«

Und ich erzählte ihnen vom Zeitschatten.

Der jüngere Ägypter nickte und sagte: »Das war ein Selenit.«

»Ja«, sagte der Ältere. »Aber das konnte der Erhabene in der Tat nicht voraussehen. Denn Ihre Zeit wußte ja noch nichts von den Mondbewohnern. Ich kann es Ihnen auch nicht so ganz erklären, denn um es sich richtig vorstellen zu können, muß man jene Fähigkeiten besitzen, die Sie die ›okkulten‹ nennen würden. Aber die Ursache der Störung werden Sie sofort begreifen. Die Mondbewohner leben in der vierten Dimension. Das heißt: sie haben ebenfalls nur drei Hauptdimensionen wie wir, aber drei andere, und eine davon ist die vierte. Infolgedessen können sie sich in der Zeit bewegen, aber nicht oder doch nur unmerklich in der – aber das würde zu weit führen. Das Hemmnis Ihrer Fahrt bestand ganz einfach darin, daß Sie in das Zeitfeld eines Seleniten geraten waren. Hätten Sie sich, wie Sie annahmen, mit einer anderen Zeitmaschine gekreuzt – ich habe übrigens niemals von einer anderen gehört –, so hätten Sie deren Zeitfeld glatt passiert, höchstens, wenn sie Gegenrichtung gehabt hätte, mit einer gewissen Verlangsamung; die Störung bestand vielmehr lediglich darin, daß es ein Selenit war. Denn der Mond hat eine andere Zeit als die Erde. Die Differenz ist zwar nicht bedeutend, aber sie genügte, um Ihre Maschine aus dem Gleichgewicht zu bringen.«

»Aber«, fragte ich mißtrauisch, »wenn das so ist, so kann es mir doch jederzeit wieder passieren?«

»Gewiß. Aber es gibt dagegen ein einfaches Mittel. Sie brauchen bloß hohe Geschwindigkeit einzuschalten. Dann *schneiden* Sie das Zeitfeld, das heißt: Sie passieren es so rasch, daß es keine Zeit hat, seine Wirkung zu äußern. Sie hätten gar nicht umzudrehen brauchen. Die Steigerung der Geschwindigkeit hätte genügt. Aber wie gesagt: es *sollte* wohl so sein, daß Sie hier landeten.«

»Aber«, fragte ich, »wie sind *Sie* hergekommen? Ohne Fahrzeuge, ohne Werkzeuge, ja sogar ohne Schuhe?«

»Wir bedürfen dieser Dinge nicht. Wie ich dem Hochseligen bereits sagte, besitzen wir die Fähigkeit, durch sympathetische Schau in das Innere alles Lebendigen zu dringen. Infolgedessen sind wir imstande, uns die vegetabilischen Kräfte ebenso zu Freunden und Dienern zu machen wie Sie durch rechnenden Verstand die mineralischen. Ihre Methode ist die mechanische, unsere Methode die vitale. Unser Material ist das Reich des Organischen, Ihr Material ist das Reich der Toten. Ihre Motoren sind elektrische, unsere Motoren sind geistige Ströme. In einem keimenden Blümchen schlummern gewaltigere und vielfältigere Kräfte als in einem Dampfkessel. Aber sie gehorchen nicht der Magie der Zahl wie die leblosen Dinge, sondern der Magie des beseelten Worts.«

»Sie verzeihen, wenn ich Ihnen nicht ganz folgen kann«, sagte ich etwas gereizt, denn das schwüle Gerede begann mir auf die Nerven zu gehen. »Haben Sie lieber die Güte, mir zu sagen, wie man nach da unten kommt. Ich habe noch nicht gefrühstückt und möchte gern nachsehen, ob man in London noch immer kein Bier bekommt. Aber Sie wissen natürlich nicht, was das ist?«

»Wie sollten wir nicht wissen, was Bier ist!« sagte der Ägypter lächelnd. »Wir haben es doch erfunden! Aber was meinen Sie mit: da unten?«

»Nun, natürlich das unterirdische London!«

Der Ägypter schüttelte den Kopf. »Es gibt kein London mehr. Es ist verschwunden.«

»Aber wieso denn?« fragte ich entsetzt.

»Nun, wie es immer geht... Kriege... Revolutionen... es ist immer dasselbe. Euch Abendländer erschreckt das noch, weil Ihr zu jung seid. Eure Geschichte hat kein Alter, und Euer Alter hat keine Geschichte. Aber wie sollte es denn anders sein? Jeder Krieg gebiert eine Revolution, und jede Revolution einen Krieg. Aber wenn es Sie interessiert? Es begann mit dem Streit um die Polkappen...«

»Nein!« wehrte ich hastig ab. »Es interessiert mich gar nicht! Wenn Sie mir jetzt die Geschichte der nächsten zweihundert Jahre nach rückwärts erzählen, so bleibt mir nichts übrig, als mich aufzuhängen. Wenn ich den Roman vorblättere, wie dies gewisse törichte und ungezogene Leser tun, so hat er jeden Reiz für mich verloren. Die beiden großen Mächte, die uns zwingen, unser Dasein auch unter widrigen Umständen fortzusetzen, sind die Hoffnung und die Neugierde. Sie sind die starken Fittiche, die unser Leben tragen und emportragen. Unsere Unwissenheit ist der Motor, der uns zu unseren kühnsten Abenteuern antreibt, die Wurzel unserer Tatkraft. Ein Mensch, der alle Verknotungen und Verschränkungen des Schicksals in ihrem Zusammenhange zu erblicken vermöchte, brächte nicht mehr den Mut zu einer Tat auf. Wer weiß, kann nicht mehr handeln.«

»Das ist sehr weise gesprochen«, sagte der Ägypter, »aber muß man denn handeln?«

»Ich habe«, fuhr ich fort, ohne seinen Einwand zu beachten, »obgleich ich nicht im Besitz Ihrer geheimnisvollen Intuition bin, bloß mit Hilfe meiner schlicht errechneten Maschine, einen weiteren Blick in die Geschichte getan, als er Ihnen jemals vergönnt sein wird. Und ich bedaure es tief. Denn dieser Blick war schaudererregend.« Und ich erzählte ihnen, was ich auf meiner Reise in das Jahr achthundertzweitausend gesehen hatte, deren Protokoll Mr. Wells veröffentlicht hat: eine Menschheit, die sich in zwei Spezies gespalten hatte: die einen, die Eloi, durch fortgesetzten Müßiggang zur höchsten physischen Verfeinerung und Verschönerung, aber zugleich auf ein Niveau völliger Infantilität gelangt, die anderen, die Morlocks, durch ununterbrochene manuelle Tätigkeit zu affenartigen Unterweltsgeschöpfen, stupiden Arbeitsmechanismen geworden.

Der ältere Ägypter schüttelte ungläubig den Kopf. »Daran glaube ich nicht. Leben ist Geist, und das Gesetz des Geistes ist Steigen. Rückschläge kommen immer wieder vor, aber sie bedeuten nur Scheintod, ein Einatmen und Kräftesammeln wie im Winter. Sehen Sie doch unser Ägypten an! Schon vor zwölf Jahrtausenden gab es an der Wurzel des Deltas, die damals viel näher am Meer lag, eine Riesensiedlung, die Stadt des Seth, von der aus Göttersöhne über ganz Ägypten geboten. Sie wurde zerstört, und viele, viele Metropolen wurden ihre mächtigen Nachfolgerinnen. Und dazwischen immer wieder jahrhundertelang Ruinen! Aber was Sie da erzählen, wäre etwas Definitives. Das kann ich nicht glauben.«

»Dann bleibt Ihnen nur die Wahl, mich für einen Narren oder einen Lügner zu halten!« rief ich unwillig.

Der Ägypter verneigte sich respektvoll, die Hand auf der Stirn. »Ich bezweifle natürlich nicht die Wirklichkeit der Eindrücke des Hochseligen«, sagte er sanft. »Aber die Eindrücke der Menschen –«

»Darf ich«, mischte sich der Jüngere ins Gespräch, »die Vermessenheit haben, an den Liebling der Sonne eine Frage zu richten? Wissen Sie bestimmt, daß das, was Sie sahen, sich *hier* ereignet hat?«

»Ja, wo denn sonst? Meine Maschine fährt doch nur in die eine Dimension der Zeit! Ich hatte mich doch die ganzen achthunderttausend Jahre lang nicht vom Fleck bewegt!«

»Darf ich fragen, welche Geschwindigkeit der Erlauchte während dieser Zeit eingeschaltet hatte?«

»Selbstverständlich die stärkste! Sonst hätte ich doch diesen riesigen Zeitweg gar nicht bewältigen können. Die höchste Zeitenergie, die meine Maschine zu entwickeln vermag, ist der Zeitmeter, die Dreihundertmillionenmetersekunde, das heißt: rund zehn Jahre in der Sekunde, also brauchte ich auch mit der Maximalgeschwindigkeit immer noch über zweiundzwanzig Stunden.«

Die beiden Ägypter sahen sich an und lächelten. Der Jüngere sagte: »Dann war, was der Hochselige beobachtet hat, nicht auf dieser Erde. Die höchste Geschwindigkeit ist die des Lichts. Daher muß, beim Passieren so großer Entfernungen, die Bewegung der Zeit ganz ebenso wie die des Lichtstrahls eine Krümmung erleiden. Ihre Fahrt führte Sie auf eine andere Erde, eine Erde anderer Zeit. Was

Sie sahen, war kein Ende, sondern ein Anfang, die Entstehung zweier neuer großartiger Formen des Lebens aus primitivsten Kindheitsstadien: die eine dazu erkoren, die Schönheit, den Adel, die Güte zu verkörpern, die andere dazu bestimmt, der Pflicht, der Arbeit, dem Fortschritt zu dienen, und am Ende der Entwicklung die eine ganz Seele, die andere ganz Geist! Um das Schicksal unserer Erde zu erforschen, hätten Sie geradlinig fahren müssen. Und bei der Kürze des menschlichen Lebens, zumal da ja Hin- und Rückfahrt in Betracht kommt, wären Sie nicht allzuweit gekommen. Die Möglichkeiten Ihrer Maschine sind also, zumindest für die Zukunft, ziemlich begrenzt. Wahrscheinlich auch für die Vergangenheit, obgleich die Bewegungsgesetze für negative Zeiten vermutlich andere sind.«

Ich bekam einen roten Kopf.

»Jetzt reißt mir aber die Geduld!« rief ich aufgebracht. »Erst erklären Sie meine Maschine für nicht existenzberechtigt, für etwas, das nicht in die Weltgeschichte hineingehört, und jetzt wollen Sie mir gar beweisen, daß sie überhaupt nichts taugt! Immerhin bin ich an unseren Rendezvousort etwas rascher gelangt als Sie! Denn Sie brauchten zu Ihrer Wanderung zweieinhalb Jahre, also mehr als neunhundert Erdumdrehungen, und ich vielleicht eine Hundertstelumdrehung! habe die Ehre, mich zu empfehlen.«

»Wir sind untröstlich, das Mißfallen des Götterfreundes erregt zu haben«, sagten fast gleichzeitig die beiden Ägypter.

Aber ich war nicht zu besänftigen. Mit einem Satz bemächtigte ich mich meiner Maschine, berührte den Rückhebel und fuhr davon. Immerhin hatten die superklugen Einwände der Ägypter sich schon so in meinem Unterbewußtsein verankert, daß ich unwillkürlich mit einer sehr mäßigen Geschwindigkeit ankurbelte. Die Ägypter wurden verschwommen, und als letztes Bild aus dem Jahre 2123 konnte ich noch wie durch einen Nebel erkennen, wie ihre beiden hageren Gestalten den Platz, auf dem ich mit meiner Zeitmaschine gestanden hatte, ehrfurchtsvoll umwandelten.

Achtes Kapitel

Die Katastrophe

Ich war wütend. Diese beiden bloßfüßigen Idioten! Erst erzählten sie mir etwas von ihrer hirnverbrannten Schule, wo man zum Tacitus wird, wenn man seinen Nabel betrachtet, dann von Mondkälbern, die Zeitschatten werfen, und von Schneeglöckchen, die Maschinen treiben, und schließlich wollten sie mir die Zeit verbiegen! Und die dunkle Empfindung, daß sie vielleicht sogar irgendworin recht hatten, war nur geeignet, meinen Ärger zu verstärken. Denn daß das Licht auf große Entfernungen sich nicht geradlinig fortpflanzt, stimmte. Lag dies an der großen Geschwindigkeit, so mußte es auch auf die Zeit Anwendung finden. Ich beschloß, mir jedenfalls gelegentlich die Sache noch einmal durchzurechnen.

Ich trudelte langsam dahin. Der häufige jähe Luftwechsel tat mir nicht gut. War die Atmosphäre im Jahr 1995 zu ozonarm gewesen, so hatte sie diesmal für meine Ansprüche zuviel Ozon gehabt. Ich war von der narkotischen Duftfülle der Riesenpflanzen fast ebenso benommen wie von den hirnumnebelnden Reden der Ägypter. Andrerseits fühlte ich meine Unternehmungslust gerade durch die fortwährenden Hindernisse gesteigert. Der Plan, das Jahr 1840 aufzusuchen, kam mir auf einmal kleinbürgerlich und armselig vor. Als das mindeste an Fahrtleistung erschien mir jetzt ein Abstecher in die Zeit der Atlantiskultur. Das war doch höchstens eine Angelegenheit von zwanzigtausend, ja vielleicht gar nur fünfzehntausend Jahren. Was mochte damals hier gestanden sein? Vielleicht einer jener zehntausend Türme aus ›Goldkupfererz‹, von denen Plato erzählt, umstampft von trompetenden Elefantenhorden in Messingrüstungen, und vielleicht war gerade wieder Krieg oder Revolution. Immer dasselbe! Es war den zwei Bronzehäuten richtig gelungen, mir die Weltgeschichte zu verekeln. Und nun faßte ich, durch ihre Reden, die noch immer in mir nachklangen, aufgestachelt, einen titanischen Gedanken: ich beschloß, das Problem der Zeit zu ergründen. Ich werde, sagte ich mir, immer tiefer in die Vergangenheit des Planeten fahren – möge die Zeitbewegung sich immerhin dabei krümmen – in die Millionen und Billionen Jahre seiner Entstehungsgeschichte, bis in seinen Gaszustand und darüber hinaus, bis dahin, wo es noch keine Erde gab, auch keine Erde ›anderer Zeit‹! Was würde dann sein? Hier lag der Schlüssel. Denn meine Maschine war doch, solange sie in die Vergangenheit oder Zukunft der Erde fuhr, immer nur eine irdische Maschine: sie besaß Erdzeit, wenn auch millionenfach vervielfältigt. Was aber, wenn die Erde verschwunden war – welche Zeit besaß sie dann? Dann mußte ich auf völlig freie Zeit stoßen, auf Zeit an sich, auf abstrakte Zeit sozusagen, auf den Begriff der Zeit. Das Ganze war eine Folge meines Blumenrauschs. Denn es war eine törichte Idee, nicht wahr;. Aber beruhigen Sie sich; ich kam nicht so weit – nicht annähernd so weit.

Während meiner Fahrt war mit einem Schlage wieder London am Firmament erschienen: es muß einer plötzlichen Katastrophe zum Opfer gefallen sein. Es blieb eine Zeitlang majestätisch auf seinem Wolkensockel stehen, und dann begannen seine imposanten Türme und Häuserblöcke ein Stockwerk nach dem andern zu verlieren, bis sie schließlich gänzlich verschwanden. Und nun schossen Riesenmassen von Schutt und Bruchstein zu unserm guten alten irdischen London zusammen, erst überdacht von gigantischen Luftbauten: hundertstöckigen Rampen, elastischen Schwebebrücken, Betonschleifen, dann immer niedriger und vertrauter in den Formen. Immer näher rückte die eigene Zeit: ich befand mich bereits im Jahr 1911. Ich muß gestehen, daß ich dem Datum meiner Ausfahrt nicht ohne eine gewisse Besorgnis entgegensah. Vielleicht konnte sich beim Überschreiten dieses Punkts doch noch irgend etwas Widriges ereignen: irgendein ›Grenzzwischenfall‹, dessen Möglichkeit ich nicht bedacht hatte. Ich verringerte meine Geschwindigkeit; aber der Zeiger rückte unerbittlich vor: jetzt stand er schon auf November 1905. Ich verlangsamte meine Fahrt immer mehr. Als ich durch den siebenten Mai glitt, erblickte ich den Bruchteil einer Sekunde lang Glorias flammendes Bronzehaar. Sie saß noch immer in derselben unbeweglichen Haltung, in der ich sie verlassen hatte. Das bedeutete nach Erdzeit Stunden. So lange also wartete sie schon! Aber ehe ich Zeit fand, darüber nachzudenken, wies der Zeiger auf den vierten Mai.

Der Apparat machte einen kleinen Hopser, wie wenn ein Rad über einen Stein hüpft, und surrte weiter: in den dritten Mai. Die Passage war gelungen. Die Vergangenheit war erobert. Ihr weites Reich lag offen vor mir.

Ich war in der gewohnten Luft wieder völlig nüchtern geworden und in bester Laune. Eigentlich, dachte ich mir, hätte ich bei Gloria Station machen müssen, ich hatte ihr doch versprochen, an sie den ersten Bericht zu erstatten. Aber eigentlich erst den Bericht über die ganze Reise. Aber wer weiß, wie lange die dauerte! Und sie wartete doch schon so lange. Aber ich brauchte sie ja gar nicht warten zu lassen: ich konnte ja in jeder beliebigen Zeit landen. Ich brauchte bloß, bei meiner Rückkehr, am siebenten Mai zu stoppen. Aber sie wartete doch bereits stundenlang. Wie war das also eigentlich? Wenn ich -

In diesem Augenblick ergriff mich ein heftiger Windstoß, und ich fühlte, wie ich aus dem Apparat gehoben und mit dem Rücken gegen etwas Hartes geschleudert wurde. Ein Sausen und Brausen, das in heftiges Prasseln überging, schlug an mein Ohr, und ein eisiger Schauer durchfuhr meine Glieder. Gleichzeitig wurde es stockfinster, und ich verlor das Bewußtsein.«

Neuntes Kapitel

Winternacht am Maimorgen

Der Zeitreisende tat einige tiefe Pfeifenzüge.

»Finden Sie nicht«, sagte er, »daß das eigentlich ein sehr ungenauer und falscher Ausdruck ist: ›das Bewußtsein verlieren‹? Meiner Ansicht nach kann man alles verlieren, nur nicht das Bewußtsein. Die Narkotisierten sind angeblich bewußtlos. Aber sie erleben alles mögliche, halten lange Reden und führen ganze Szenen auf. Dazu gehört doch Bewußtsein! Ferner gibt es nach der Versicherung fast aller maßgebenden Psychologen keinen traumlosen Schlaf: also verläßt uns auch im Schlaf niemals das Bewußtsein. Auch von Personen, die sich im höchsten Affekt: des Zornes, der Angst, der Liebesraserei befinden, sagt man, sie seien nicht bei Besinnung. Aber sie begehen in diesem Zustand sehr oft Handlungen von geradezu raffinierter Zweckmäßigkeit. Ebenso verhält es sich mit den Hypnotisierten: sie handeln höchst vernünftig, also müssen sie doch Bewußtsein haben. Ebenso mit den Betrunkenen: was diese reden und tun, hat oft geradezu *metaphysischen* Charakter. Andrerseits können wir auch im nüchternsten Zustand allerhöchstens zehn Vorstellungen auf einmal im Bewußtsein behalten: wenn die elfte auftaucht, ist die erste schon wieder untergegangen. Und doch ist sie da: sonst könnte sie nicht wiederkommen. Der Behälter, in dem sie ruht, ist eben das Bewußtsein.

Also das Bewußtsein ist immer da: im Rausch, in der Ohnmacht, in der Trance, im Scheintod, ja sogar nach dem Tode. Der Tod ist nichts als eine Narkose, aus der man nicht spricht, ein Schlaf, der im falschen Ruf steht, traumlos zu sein. Daraus folgt aber, daß das Bewußtsein auch schon vor der Geburt dagewesen sein muß, denn –«

»Das sind ja höchst anregende und neuartige Aspekte, die Sie hier eröffnen«, sagte ich, auf meinem Stuhle rückend, »aber noch mehr würde es mich derzeit interessieren, die Erklärung Ihres Zeitmaschinenunglücks zu erfahren. Warum wurden Sie aus dem Sattel geschleudert? Wieso wurde es plötzlich stockfinster?«

»Aber ich bin ja eben dabei«, sagte der Zeitreisende. »Lassen Sie mich nur der Reihe nach vorgehen. Zunächst mußte ich Ihnen doch erklären, wieso ich das Bewußtsein verlor und wieso ich es nicht verlieren *konnte.*«

»Und als Sie wieder zu sich kamen, was geschah da?«

»Wiederum ein falscher Ausdruck. Man ist immer bei sich.«

»Also was geschah, als das bei Ihnen eintrat, was man mit einem schlechten Wort als ›zu sich kommen‹ bezeichnet?«

»Das erste, was ich bemerkte, war eine schmerzhafte Beule an meinem Hinterkopf, die zusehends anschwoll. Langsam gewöhnte ich mein Auge an die Dunkelheit, und nun sah ich, daß ich neben meinem Hause auf dem Gartenboden lag, der steinhart und eiskalt war. Es war tiefe Nacht. Ein heulender Windstoß schüttelte die kahlen Bäume. Wütende Güsse dicker Hagelschloßen, vermischt mit Schnee, rauschten hernieder und peitschten mir ins Gesicht. Ich war bereits völlig durchnäßt. Ich erhob mich mühsam und tastete mich ins Zimmer. Natürlich hatte ich keine Streichhölzer mit, und außerdem erinnerte ich mich mit Verdruß, daß der Auerstrumpf bei der letzten Verwendung abgenützt und schadhaft gewesen war. Endlich fand ich Zünder und konnte Licht machen. Aber zu meiner angenehmen Überraschung war der Strumpf intakt und leuchtete wie neu. Ich begab mich zum Kamin, um Feuer zu machen. Aber die Scheite brannten bereits. Waren hier Heinzelmännchen am Werke?

Ich blickte um mich. Mein Studierzimmer war unverändert. Aber wie ich hierhergekommen war, war mir unerklärlich. Ich hatte doch nicht gestoppt! Oder war meine Maschine von selber stehengeblieben? Wo war sie denn überhaupt? Erst jetzt fiel mir ein, daß ich in meiner Verwirrung mich gar nicht um sie gekümmert hatte. Ich stieß das Fenster auf und blickte hinab; aber ich konnte sie nicht entdecken.

Ich stürzte vors Haus und suchte alles ab: sie war unauffindbar. In tiefster Niedergeschlagenheit kehrte ich in mein Zimmer zurück. Ein neuerlicher Wetterschauer ergriff die offenen Fensterflügel und schüttete die Scheiben klirrend ins Zimmer. Die Hagelkörner tanzten auf dem Teppich.

Ich schloß die Läden und verfiel in tiefes Sinnen. Was war geschehen? Das waren ja Dinge wie am Jüngsten Tag! War der Widerstand der Erdzeit eben doch nicht zu besiegen gewesen? Er konnte sich ja ganz gut erst einen Tag später ausgewirkt haben: statt am vierten am dritten Mai. Aber woher die Detonation und der Sturz? War eine Explosion vor sich gegangen infolge irgendeiner Reibung, der Reibung der beiden kämpfenden Zeiten? Aber das war ja Unsinn. Reibung ist doch nur unter Körpern, unter dreidimensionalen Größen möglich, und diese Vorgänge konnten sich nur in der einen Dimension der Zeit ereignet haben. Und selbst diesen unmöglichen Fall angenommen: so hätten sich doch zumindest Überreste meiner zerplatzten Maschine vorfinden müssen. Aber es war nicht ein Stückchen von ihr vorhanden, nicht ein einziges Rad, keine Spur ihrer Existenz. Sie war wie vom Erdboden weggewischt. Und draußen tobten Schneesturm und Eishagel am dritten Mai! Und dazu tiefe Nacht am Morgen! Denn diese Tageszeit mußte jetzt sein. Meine Maschine hat nämlich keine kleineren Zeiteinheiten als einen Tag. Das ist ja ohnehin schon sehr wenig: nicht einmal der dreieinhalbtausendste Teil eines Zeitmeters. Ich konnte also nur wieder kurz nach halb zehn Uhr morgens gelandet sein, denn soviel war es bei meiner Abfahrt von den Ägyptern.

Ich zündete mir eine Zigarre an, was bei mir immer das Zeichen übelster Laune ist, und grübelte weiter. Am Ende hatte ich alles nur geträumt: die sanfte meeräugige Gloria, den projizierten Mann von Savory, die purpurnen Drachenblüten und die verdrehten Ägypter? Vielleicht war das Ganze eine Grogphantasie, und ich war gar nicht weggewesen? Aber eine Reihe von Anzeichen bewiesen mir nur zu greifbar, daß alles positive Wirklichkeit war. Hier war mein Zimmer, aber ganz anders, als ich es verlassen hatte: der Auerbrenner statt der Morgensonne, rote Kaminglut statt des blauen Maihimmels und ein wilder Orkan statt der weichen Frühlingsluft. Ich fühlte, sah und hörte alle diese Veränderungen mit meinen wachen nüchternen Sinnen. Ich fühlte den eisigen Windzug durch die klappernden Fensterläden, ich hörte das Prasseln des Hagels und das Heulen des Sturmes, ich sah das Wasser und die Glassplitter auf meinem Teppich, und das Wichtigste und Betrüblichste von allem: was ich nicht sah, war meine Maschine. Wo war sie?

Ich hatte einigermaßen meine Ruhe wiedergewonnen und bemühte mich, an der Hand kalt logischer Erwägungen zu einem
vernünftigen Resultat zu gelangen. So viel war klar: ich hatte den
Widerstand der Erdzeit nicht überwunden, aus irgendeinem unbe-
kannten Grunde, denn ich befand mich hier, in meinem Zimmer
und nur einen einzigen Tag in der Vergangenheit. Aber das erklärte
mir noch immer nicht das fatale Verschwinden meiner Maschine.
War der Widerstand der Erdzeit unbesiegbar, so hätte sie einfach
stehen bleiben müssen. Und woher kam die Finsternis? Die hatte
doch mit dem Widerstand der Erdzeit nicht das geringste zu schaf-
fen. Und das Unwetter?

Hier hatte ich einen Gedanken – wenn man ihn so nennen kann.
Vielleicht war gerade meine gewaltsame Katastrophe die Ursache
des plötzlichen Wetterumschlags. Was ist denn Wetter? Eine Zeiter-
scheinung. Wenn es gut ist, nennt man es eine ›schöne Zeit‹, *beau
temps, bel tempo*. Und die unerklärliche Nacht war vielleicht eine
Sonnenfinsternis. Ohne Sonne gibt es keine Zeit, also auch keine
Zeitmaschine: daher war diese vorübergehend verschwunden. Natürlich war das alles ausgesuchter Blödsinn. Am dritten Mai *war*
doch gar keine Sonnenfinsternis. Und ein von mir sozusagen nach-
geliefertes Wetter war auch eine Undenkbarkeit. Aber in meinem
niedergedonnerten Zustand wären Sie wahrscheinlich auf nicht viel
Gescheiteres gekommen.

Ich schloß die Haustür und nahm mechanisch die Zeitung aus
dem Postkasten. Es waren die ›Sunday Times‹. Merkwürdig: der
dritte Mai war doch gar kein Sonntag. Geistesabwesend durchflog
ich die einzelnen Spalten. Feuilleton: eine schreckliche Plauderei:
›Was wir uns zu Sankt Nikolaus wünschen‹. Diese Albernheiten
hätte die Redaktion sich doch wirklich bis zum sechsten Dezember
aufheben können. Oder waren sie noch vom letzten Nikolaustag
liegengeblieben? Theater und Kunst: ›Die Erstaufführung von Pine-
ros neuer Komödie ›Sinchens Geheimnis‹ findet nächste Woche im
Haymarket-Theater statt.‹ Das war aber doch bereits ein Thea-
terskandal? ›Im Strand-Theater haben die Proben zu den Christ-
masspielen begonnen.‹ Was zum Teufel sollen Proben zu Weih-
nachtsspielen im Mai? Vom Kriegsschauplatz: ›Seit der Schlacht am
Schaho herrscht zu Lande nach wie vor der Stellungskrieg, während
Port Arthur belagert wird. Heute wurde der ›Hohe Berg‹, das Vor-

werk an der Nordwestseite der Stadt, nach zehntägiger Bestürmung geräumt. Die Verteidigung leitete General Kondratenko. Danach ist, wenn es den Russen nicht noch rechtzeitig gelingt, Entsatz heranzuschieben, mit dem Fall der Festung in wenigen Monaten, ja vielleicht sogar schon in Wochen zu rechnen.‹ Aber zum Donnerwetter, der Russisch-Japanische Krieg war doch schon beendet! Von wann *ist* denn die Zeitung?

Zu dumm. Ich hatte eine alte Nummer erwischt: vom sechsten Dezember. Aber warum steckte sie noch im Postumschlag? Mein zerstreuter Blick fiel auf den Wetterbericht: ›Seit gestern herrscht in London eine Witterung, wie sie selbst im Dezember zu den Seltenheiten gehört: Schneegestöber, untermischt mit Hagel, und orkanartige Stürme.‹ Komisch: genau dasselbe Wetter wie jetzt...

Mit einem Male glaubte ich alles zu verstehen. Ich war gar nicht im dritten Mai, ich war wirklich im sechsten Dezember! In Gedanken versunken, hatte ich offenbar gar nicht beachtet, daß ich schon weitergeglitten war. Vielleicht auch hatte ich unversehens den Hebel berührt und das Tempo beschleunigt. Aber das erklärte noch immer nicht das plötzliche Stehenbleiben des Apparats und vor allem sein rätselhaftes Verschwinden. Denn die Zeitmaschine mußte doch da sein, sie war doch in der Zeit, in jeder Zeit, in tausend Jahren so gut wie vor tausend Jahren, morgen und übermorgen so gut wie gestern und vorgestern.

In diesem Augenblick wäre ich beinahe ohnmächtig geworden. Denn ich erkannte mit einem Schlage die ganze furchtbare Wahrheit.«

Zehntes Kapitel

Zweimal Burgunder

Der Zeitreisende entzündete seine Pfeife, die er vor Erregung hatte ausgehen lassen, und sagte dumpf:»Sie werden zugeben, daß es eine wahrhaft entsetzliche Situation war. Eine der trostlosesten und grauenvollsten, die sich denken lassen. Eine Lage, in der sich, seit die Welt besteht, noch niemals ein Mensch befunden hat und hoffentlich nie wieder einer befinden wird. Allen Gefahren, die mich auf meiner Fahrt bedroht hatten, war ich glücklich entronnen: dem Widerstand der Erdzeit, den Kathodenstrahlen des Radiodroms, dem Zeitschatten des Seleniten, dem Sturz von stockhoher Tiefe: aber dieses Hindernis war unüberwindlich.« Er verstummte und blickte düster vor sich hin.

»Warum meinen Sie?« fragte ich unsicher.

»Aber begreifen Sie denn noch immer nicht?« rief er. »Der Fall lag doch verteufelt klar. Ich war in eine Zeit hineingefahren, in der meine Maschine noch nicht erfunden war! Wie hatte ich, ein sogenannter wissenschaftlich denkender Kopf, diese primitive Tatsache übersehen können! In einer Zeit, wo sie noch nicht existierte, konnte ich freilich mit meiner Zeitmaschine nicht reisen! Sie werden lächeln, und ich hätte es wahrscheinlich auch getan, wenn die Sache für mich nicht gar so fatal gewesen wäre...«

Es entstand eine Pause. Der Zeitreisende schwieg und stieß Dampfwolken aus.

Ich sagte:»Ich begreife. Aber die Geschichte stimmt nicht. Wann haben Sie Ihre Maschine vollendet?«

»Auf den Tag genau kann ich es Ihnen nicht sagen. Aber es war Mitte Januar.«

»Nun gut! Dann hätte Ihre Maschine Mitte Januar versagen müssen, und Sie hätten *dort* stranden müssen, aber nicht am sechsten Dezember. Und Ihre Situation wäre dann gar nicht so verzweifelt gewesen. Denn Ihre Maschine mußte in dem Augenblick versagen, wo auch nur eine einzige Stange oder Schraube fehlte. Der Rest wäre erhalten geblieben. Sie hätten dann bloß die fast fertige Maschine vom, sagen wir, vierzehnten Januar durch diese fehlende Stange oder Schraube zu ergänzen und mit dem wieder funktionierenden Apparat in unsere Zeit zurückzufahren brauchen.«

»Ja«, sagte der Zeitreisende, »das sollte man meinen. Aber nach längerem Nachdenken kam ich darauf, daß es sich leider nicht so verhielt. Meine Maschine hatte den Widerstand der Erdzeit überwunden, sie hatte ihn nur zu gut überwunden! Denn sie hatte sich so mit Energie geladen, daß sie infolge des ihr innewohnenden Trägheitsgesetzes noch eine Zeitlang weiterlief. Dadurch erklärte sich auch die Nachtzeit. Eine Katastrophe richtet sich nicht nach meinem Zeitmesser und seiner Gradeinteilung. Irgendwann, in dem Millionenbruchteil eines Zeitmeters, war die Energie erschöpft, und die Bewegung hörte auf. Und dabei hatte ich noch Glück im Unglück gehabt: wäre ich, als die Katastrophe eintrat, nicht so langsam gefahren, sondern hätte eine höhere oder gar die höchste Geschwindigkeit gehabt, so wäre ich viel weiter geschleudert worden, vielleicht wirklich bis zu Mr. Carlyle oder ins Zeitalter der Königin Anna, und dann wäre meine Situation gänzlich aussichtslos gewesen, und wir hätten uns nie mehr wiedergesehen.«

»Den Unterschied sehe ich nicht ein«, sagte ich. »Wenn Ihre Maschine einmal fort war, so war es ziemlich gleichgültig, ob Sie sie zur Zeit des Spanischen Erbfolgekrieges oder des Russisch-Japanischen Krieges verloren.«

»Ich werde Ihnen das später erklären. Ich dachte übrigens die längste Zeit genauso wie Sie, und deshalb hielt ich auch tatsächlich meine Lage für hoffnungslos. Bedenken Sie doch nur: für immer unverrückbar festgenagelt an den Abend des sechsten Dezember 1904!« Er schwieg verstört.

Ich wußte nicht recht, was ich sagen sollte. »Wenn es Sie noch immer so erregt«, stammelte ich, »so erzählen Sie es mir lieber ein andermal. Oder nehmen Sie wenigstens ein Glas Whisky-Soda.«

»Nein«, wehrte er ab, »nur Soda ohne Whisky. Das wird mich beruhigen.« Er trank gierig. »So, und jetzt können wir fortfahren.«

»Ich brütete noch lange vor mich hin, aber ich war unfähig, einen klaren Gedanken zu fassen. Auch machte nach den vielen aufwühlenden Eindrücken, die ich gehabt hatte, nunmehr die Erschöpfung ihre Rechte geltend. Ich begab mich zu Bett und verfiel in dumpfen, unruhigen Schlummer.

Als ich erwachte, hatte ich einige Mühe, den Zusammenhang wiederzufinden. Die geschlossenen Fensterläden, der prasselnde Kamin, die ›Sunday Times‹: alles war noch da. Auch der Auerstrumpf brannte noch: selbstverständlich, er war ja eine Art Ewiges Licht. Durch den Schlaf hatte ich mich wieder so weit gesammelt und erfrischt, daß ich nach Hilfsquellen auszuspähen begann. Zunächst galt es, ein Mittel zur Kommunikation zwischen mir und der Gegenwart ausfindig zu machen: – zwischen meiner und Ihrer Gegenwart meine ich. Und als dieses ergab sich mir nach längerem Nachdenken die drahtlose Telegraphie. Der elektrische Funke hat bekanntlich dieselbe Geschwindigkeit wie das Licht: dreihunderttausend Kilometer in der Sekunde. Er bewegt sich daher mehr als sechshunderttausendmal so schnell wie die Erde; zu einem Tag braucht er weniger als eine Sechshunderttausendstelsekunde. Mit diesem Vehikel konnte ich natürlich die Spannung von fünf Monaten, die zwischen mir und meiner Zeit lag, spielend leicht überbrücken; es war eine Sache von einer Viertausendstelsekunde. Ich sandte Ihnen also das erste Telegramm. Es war ein bißchen verworren. Aber ich konnte Ihnen doch auf diesem Wege nicht alles auseinandersetzen: so lange Telegramme gibt es ja gar nicht, und am Ende hätten Sie mich erst nicht verstanden. Immerhin: die nötigsten Anordnungen ließen sich in dieser Verständigungsform treffen. Ein Mißstand war allerdings nicht zu beseitigen: es mußte ein einseitiger Verkehr bleiben. Denn *Sie* konnten nicht an *mich* telegraphieren: die Bewegung der elektrischen Energie läßt sich nicht umkehren, sie ist immer nur einsinnig nach vorne gerichtet.

Das Ziel, auf das ich meine Anstrengungen zu konzentrieren hatte, war klar umrissen: ich mußte mit allen Mitteln versuchen, meine Maschine zu rekonstruieren. Aber wie das anfangen? Zunächst fehlten mir die komplizierten rechnerischen Unterlagen. Diese ließen sich vielleicht mit großem Aufwand an Fleiß wiederherstellen; aber einige wichtige Formeln, zu denen ich erst Ende Dezember gelangt war, waren mir unwiderruflich entfallen. Und vor allem brauchte ich Radium. Woher dieses nehmen?

Indes, eines Tages – aber das ist falsch ausgedrückt: für mich gab es ja nur *einen* Tag – stieß ich auf einen wertvollen Bundesgenossen, an den ich unbegreiflicherweise bisher gar nicht gedacht hatte. Es war die kleine Zeitmaschine. Sie war nicht nur ein unschätzbares Modell für den Bau der großen, sondern sie konnte auch selbständig in die Zeit reisen. Jetzt war auf einmal die Möglichkeit eines gegenseitigen Verkehrs und sogar eines Transports gegeben! Voll Eifer traf ich die Vorkehrungen, die Ihnen bekannt sind. Mittels dieses kleinen Fahrzeugs konnte ich hoffen, bei einiger Geduld und Zähigkeit alles Fehlende zu ersetzen. Meine Laune hatte sich bedeutend gebessert.«

»Aber warum schickten Sie mir dann so wütende Telegramme?«
»Weil das Maschinchen niemals ankam!«

»Aber ich hatte es doch ganz genau adressiert!«

»Ich weiß«, sagte der Zeitreisende. »Eben weil Sie so genau adressiert hatten... Ich mache Ihnen selbstverständlich keinen Vorwurf. Es war nicht Ihre Schuld, sondern die meinige oder, sagen wir, die Schuld der Verhältnisse. Aber ich konnte es mir damals nicht erklären und war natürlich außer mir. Ich glaube, ich depeschierte etwas von einem Nilpferd?«

»Nein«, sagte ich, »es war ein Rhinozeros. Aber das tut nichts zur Sache.«

»Ich zerbrach mir den Kopf«, fuhr der Zeitreisende fort, »aber ich fand keine Lösung. Vielleicht, dachte ich zunächst, lag es daran, daß ich keine genaue Tageszeit angegeben hatte? Aber daran konnte es nicht liegen. Bei Ihrer bekannten Gefälligkeit und Zuverlässigkeit – bitte, das soll kein Kompliment sein – mußte ich annehmen, daß Sie sich meines Auftrags so rasch wie möglich entledigen würden. Dann mußte die Maschine so um elf Uhr vormittags eintreffen. Das war zwar nicht die richtige Zeit, aber gar kein Unglück. Denn dann mußte sie am Abend schon da sein. Böse wäre es nur gewesen, wenn Sie sich bis spät nachts Zeit gelassen hätten. Aber das war nicht anzunehmen, um so mehr, als ich Sie um schnelle Erledigung ausdrücklich ersucht hatte.«

»Ich entsandte die Maschine um zehn Uhr neununddreißig.«

»Na, sehen Sie!« nickte der Zeitreisende. »Dann fiel mir der Widerstand der Erdzeit ein. Den hatte doch die kleine Zeitmaschine ebensogut zu überwinden wie die große. Davon wußten Sie aber noch nichts, und so hatte sie offenbar bei der Rücksendung versagt. Übrigens hätte Ihnen mein Gegenmittel, auch wenn Sie es gekannt hätten, nichts geholfen. Denn Sie konnten die kleine Zeitmaschine wohl in die Zukunft schicken, aber nicht mitfahren. Nach einigem Nachdenken erkannte ich jedoch, daß auch diese Deutung nicht in Betracht kam. Denn ich selber hatte ja die Maschine in die Zukunft geschickt, und als sie bei Ihnen ankam, war sie schon mit einer Energie von fünf Monaten, also hundertfünfzigfacher Erdzeit, geladen.

Aber wenn auch nicht die Ursache, die Tatsache war klar genug: keine Zahlen, kein Material; und nun war das kostbare Modell auch weg! Damit schien mir jede Hoffnung auf Rückkehr in die Heimatzeit abgeschnitten. Ich gab meinen Fall auf.

Es ist ein sehr sonderbarer Zustand, wenn die Zeit sich nicht mehr bewegt. Keine Hoffnungen, aber auch keine Befürchtungen. Keine Spannung, aber auch keine Sorge. Natürlich auch keine Nahrungssorgen. Ich stand damals gerade vor den abschließenden theoretischen Vorarbeiten für den Bau meiner großen Maschine. In solchen Fällen, wenn mich etwas ganz okkupiert, pflege ich mich, um ungestört arbeiten zu können, in meinem Hause gewissermaßen zu verbarrikadieren, und so hatte ich auch diesmal wie bei einem Belagerungszustand für Vorräte an Holz, Tabak, Konserven, Bier, Zwieback und dergleichen ausgiebig vorgesorgt. Die Fensterläden öffnete ich angesichts der unerträglich feuchten und stürmischen Winternacht natürlich niemals. Das hätte auf die Dauer unangenehm werden können: aber zum Glück hatte ich mir einige Monate vorher einen vorzüglichen neuen Ventilator einbauen lassen, der meinen Lufthunger vollkommen befriedigte. Aber das fortwährende Leben bei künstlicher Beleuchtung ging mir sehr auf die Nerven. Ich bin wirklich ein ›Freund der Sonne‹, wie die beiden schrecklichen Nilmänner mich anzureden beliebten, und gar kein Nachtmensch; auf Soireen und Redouten werde ich seekrank; Sie haben mich oft deswegen verspottet.

Übrigens entdeckte ich auch einiges Tröstliche. So zum Beispiel auf dem untersten Regal eines Bücherschranks, neben Frazers ›Wörterbuch der angewandten Chemie‹, eine ganze Batterie Romanée, Pommard und Nuits. Es ist ein eigentümlich prickelnder Genuß, seinen eigenen Burgunder zweimal zu trinken. Außerdem waren auch die sechs Flaschen Canadian Club Whisky wieder da, der wie uralter Cognac schmeckt. Aber auch der wiedergeborene Hummersalat von Croß & Blackwell war nicht übel.

Im ganzen aber war meine Lage nichts weniger als scherzhaft. Denken Sie doch: ein Mensch ohne Zukunft! Ich kam mir vor wie ein moderner Peter Schlemihl: ein Mensch ohne Schatten. Denn wir Menschen werfen unseren Schatten voraus, nicht hinter uns. ›Die Menschen‹, sagt Emerson, ›sind wandelnde Prophezeiungen der Zukunft.‹ Vor mir aber war eine schwarze Wand Ich hatte mir zu viel Zeit angemaßt und war dafür jetzt dazu verurteilt, den Rest meines Lebens ohne Zeit zu verbringen. Denn auch die Vergangenheit gehörte mir nicht mehr. Es gibt keine Vergangenheit ohne Zukunft.

Wenn man solchen Gedanken konsequent nachgeht, kann man verrückt werden. Ich versuchte daher, mich abzulenken. Zunächst diente mir dazu der Burgunder. Ein geheimnisvolles Getränk feurig und bleiern, beflügelnd und beschwerend zugleich, ähnlich wie der Ihnen so verhaßte Carlyle. Lange Zeit befand ich mich in einem dauernden leichten Dusel, man sieht es mir vielleicht ein wenig an? Aber in meiner Lage wäre selbst General Booth zum Potator geworden.

Dann suchte ich Trost in Büchern. Aber nicht in Werken der exakten Fächer, die bisher meine Hauptlektüre gebildet hatten denn die Wissenschaft war mir verleidet. Deshalb betrat ich auch nie wieder mein Laboratorium. Die meiste Stärkung aber fand ich in einer alten Mystikerbibliothek, die ich noch von meinem Vater geerbt und früher nie beachtet hatte. Am schönsten von allen fand ich das Wort Meister Eckharts, das mir wie für mich geschrieben schien: ›Es ist alles *ein* Nun.‹ Und ich mußte an die Legende vom Mönch von Heisterbach denken, der in einem Tag ein Jahr tausend durchwandelte, denn vor Gott macht das keinen Unterschied: ›Ihm ist ein Tag wie tausend Jahre, und tausend Jahr sind ihm wie ein Tag.‹

Und verhält es sich etwa anders? Ist denn unser ganzes Dasein mehr als eine Viertelstunde Regenbogen, ein Lichtstreif zwischen zwei Unendlichkeiten? Gelangt die Seele, auch wenn sie hundert Jahre lebt, näher an die Ewigkeit als in einem Tag? Und könnt umgekehrt ein Weiser, der einen Tag lang wahrhaft gelebt hätte indem er geduldig und inbrünstig seiner Seele lauschte, vom Pulsschlag der Ewigkeit nicht alles vernehmen, was uns in unsere irdischen Lebensform überhaupt zu Ohren zu dringen vermag Und war dieses kristalline ›ewige Nun‹, in dem ich thronte, nicht im Grunde der erhabenste und eines Menschen würdigste Zustand? Aber zu groß, zu erhaben für einen schwachen Menschen.

Ich sagte laut vor mich hin: ›Die Zeit steht still.‹ Und ich horchte andächtig auf ihr Schweigen.

In diesem Augenblick durchfuhr mich ein panischer Schreck. Meine durch die dauernde Stille und die tiefe Sammlung geschärften Ohren hörten, wie ganz deutlich, wenn auch ungemein leise, eine Uhr schlug. Und zwar in meinem Hause! Es war wie eine gespenstische Replik. Die Zeit stand also doch nicht still? Die Schläge kamen von oben. Einen Augenblick war ich wie versteinert, dann stürzte ich in rasender Eile, drei Stufen auf einmal nehmend, in mein Laboratorium.

Elftes Kapitel

Zeitreisender landet

Als ich die Tür aufstieß, prallte ich betroffen zurück. Es war heller Tag! Draußen blaute über schneebeglitzerten Tannen ein heiterer, windstiller Wintermorgen. Die Uhr wies tickend auf elf Uhr eins, und der Sekundenzeiger lief. Ich blickte auf den Abreißkalender: er zeigte den fünften Februar. Noch ganz benommen begab ich mich ins Turmzimmer: dort zeigte der Kalender in der Ecke den einunddreißigsten Dezember. Sonderbare Konfusion! Im Untergeschoß war es Nacht, im Obergeschoß Morgen, im Studierzimmer war ein anderer Tag als im Laboratorium und dort wieder ein anderer als im Turmzimmer.

Ich blickte in die andere Ecke. Und dort entdeckte ich etwas, das mich vor Freude fast wahnsinnig gemacht hätte. Denn dort stand, funkelnd im Morgenlicht, intakt und komplett – meine Zeitmaschine! Es hätte nicht viel gefehlt, und ich hätte sie umarmt und geküßt. Ich fragte nicht viel danach, wie sie von der Hauswand zwei Stock hoch geklettert war, sondern bestieg sie und machte von ihr zum ersten und zum letzten Male einen vernünftigen Gebrauch: ich fuhr mit ihr in meine Heimatzeit.

So, das ist meine Geschichte.«

»Entschuldigen Sie«, sagte ich, »aber das ist nicht die *ganze* Geschichte. Denn Sie haben mir noch immer nicht erzählt, wie Sie wieder zu Ihrer Maschine gekommen sind.«

»Aber das ist doch höchst verwunderlich, daß Sie darauf nicht schon längst von selber gekommen sind! Bei mir in meiner Depression und halb wahnsinnigen Verfassung war das noch einigermaßen verständlich. Aber Sie hätten doch die jedem Kind bekannte Erscheinung des Älterwerdens nicht übersehen dürfen. Jeder Mensch legt doch jeden Tag eine bestimmte Zeitspanne zurück: eben einen Tag. Hat einer zwanzig Jahre Zeitstrecke (zwei Zeitmeter) zurückgelegt, so bezeichnen wir ihn als zwanzig Jahre ›alt‹; dann wird er dreißig alt und so weiter. Hat einer um zwei Jahre mehr Zeit zurückgelegt als ein zweiter, so sagen wir, er sei um zwei Jahre ›älter‹; und hat dieser zweite selber zwei Jahre zurückgelegt, so sagen wir wiederum, er sei um zwei Jahre älter. Das ist doch bis zur Stupidität einfach. Nun, und so war auch ich täglich um einen Erdtag älter geworden und langsam nachgerückt. Das heißt: die Distanz zu meiner eigenen Zeit konnte ich nicht überwinden, die blieb selbstverständlich immer dieselbe; denn mit jedem Tag, den ich älter wurde, rückte auch meine Zeit um einen Tag vor. Aber meine Zeitmaschine konnte ich einholen, denn von deren Vollendung trennten mich nur knappe sechs Wochen. Hätte ich bei der Katastrophe eine höhere Geschwindigkeit gehabt, so wäre ich weiter geschleudert worden und hätte länger warten müssen. Es war also keineswegs gleichgültig, ob ich im Dezember 1904 landete oder im Zeitalter der Königin Anna, wie Sie vorhin annahmen. Denn dann hätte ich ja um zweihundert Jahre älter werden müssen, bis ich wieder zu meiner Maschine gekommen wäre.«

»Aber Sie vollendeten doch Ihre Maschine Mitte Jänner. Warum zeigte dann der Kalender im Laboratorium den fünften Februar und der im Turmzimmer den einunddreißigsten Dezember?«

»Auch das erklärt sich auf sehr primitive Weise. Der Kalender im Turmzimmer war ganz einfach ein alter Kalender, der nach Ablauf des Jahres 1904 nicht mehr erneuert worden war. Aber das Datum im Laboratorium stimmte. Es war tatsächlich der fünfte Februar. Denn erst an diesem Tage betrat ich den Raum. Ich hatte mich volle drei Wochen zu lange in dem vermeintlichen sechsten Dezember aufgehalten. Hätte ich das Laboratorium regelmäßig aufgesucht, so hätte ich mir diese Überzeit ersparen können. Und vor allem hätte ich mir meine ganze Verzweiflung ersparen können, denn dann hätte ich sofort erkennen müssen, daß mein Abenteuer zeitlich begrenzt war: auf etwa vierzig Tage. So aber waren einundsechzig Tage daraus geworden. Meine Zeit hielt also bereits beim vierten Juli. Um diesen zu erreichen, bedurfte ich bloß der kurzen Fahrt über hundertneunundvierzig Tage, die Differenz, die durch die Katastrophe entstanden war. Ich bin, wie gesagt, schon seit vorgestern hier, aber ich hatte wirklich kein Bedürfnis nach Geselligkeit.«

»Und jetzt verstehe ich auch«, setzte ich eifrig hinzu, »warum die kleine Zeitmaschine trotz richtiger Adressierung nicht ankam. Sie war nämlich falsch adressiert! Als Ihr Telegramm eintraf, war es der zehnte Mai. Ich hätte daher die Maschine nicht in den *sechsten* Dezember schicken sollen, sondern in den *zwölften*. Denn dort befanden Sie sich damals gerade.«

»So ist es«, nickte der Zeitreisende, »und Sie trifft, wie gesagt. nicht der geringste Vorwurf.«

»Aber Sie auch nicht!« rief ich ärgerlich. »Schuld ist die Unintelligenz und Rückständigkeit des Menschengeschlechts. Warum hat nicht schon Stephenson zugleich mit dem Dampfroß das Zeitroß erfunden? Und warum hat Marconi nicht herausbekommen, wie man drahtlos in die Vergangenheit telegraphieren kann? Denn es gibt doch auch *negative* Elektrizität. Also –«

Der Zeitreisende winkte düster ab.

»Das ist jetzt vorbei«, sagte er. »Aber«, fügte er mit resigniertem Lächeln hinzu, »eine kleine Nebenentdeckung habe ich doch gemacht. Wenn man nämlich mit der Zeitmaschine ganz langsam fährt, so kann man mit der Camera bewegliche Bilder aufnehmen.«

»Seien Sie nicht böse«, erwiderte ich, »aber dazu braucht man keine Zeitmaschine. Eine ähnliche Erfindung ist von den Brüdern Lumière schon vor Jahren gemacht worden.«

»Aber mit meiner Zeitmaschine geht die Sache doch unvergleichlich besser.«

»Sicherlich. Aber welchen Sinn sollten solche Zeitphotographien haben? Für wissenschaftliche Zwecke wird das Verfahren schon seit längerem angewandt – ich las erst jüngst wieder davon in einer biologischen Fachzeitschrift. Und für das große Laienpublikum haben doch solche photomechanischen Experimente nicht das geringste Interesse.«

»Na, egal«, sagte der Zeitreisende müde. »Jedenfalls: was von alledem zurückbleibt, ist eine gigantische Blamage. Die Wissenschaft hat wieder einmal ein klägliches Fiasko erlitten. Und das weiß ich: ich werde das mißglückte Ding nie wieder benützen. In die Vergangenheit nicht, aber auch nicht in die Zukunft. Denn was gibt's schon dort? Übertechnik oder Untertechnik! Savoryidioten und Kataraktidioten! Und überhaupt: wie lächerlich ist dieser ganze ›Eroberungsdrang des Forschers‹! Wenn man immer nur äußere Eroberungen in der Welt macht, ob im Raum oder in der Zeit oder in welcher Dimension immer, so versäumt man dabei, die einzige Eroberung zu machen, die sich lohnt, ja, die überhaupt möglich ist: die des eigenen Ich.« –

»Verzeihen Sie«, sagte ich, »aber haben Sie nicht heute abend schon einmal etwas Ähnliches gesagt? Oder nein: es war Miss Gloria.« –

»Möglich«, sagte der Zeitreisende und hüllte sich in Rauchwolken.

Schluß

Eine naheliegende Korrespondenz

1.

Mr. Anthony Transic

London

... und so brauche ich Ihnen wohl nicht nochmals zu versichern, zu wie tiefem und dauerndem Danke ich Ihnen verpflichtet bin. Trotzdem scheinen mir einige wenige Punkte noch der Aufklärung bedürftig, und ich bitte Sie daher, nicht ungehalten zu sein, wenn ich, durch Ihre große Liebenswürdigkeit ermutigt, einige ergänzende Fragen an Sie richte.

Erstens: Es ist vollkommen klar, warum die Maschine Mr. Mortons bei seinem Start am vierten Mai 1905 *nicht* funktionierte. Ebenso klar ist es, warum sie bei seinen Rückfahrten aus den Jahren 1995 und 2123 *funktionierte*. Hingegen ist es nicht klar, warum sie am siebten Mai versagte. Denn da war sie doch schon mit Vorsprung geladen, besaß also eine genügende Energie, um den Widerstand zu überwinden.

Zweitens: Der Zeitreisende erklärte, seine Maschine nie wieder besteigen zu wollen. Aber seitdem sind nahezu drei Jahre vergangen, und es sieht fast so aus, als hätte er seitdem seinen Entschluß geändert. Die Zeit vermag ja viel, selbst der Schneckengang unserer geringfügigen Erdzeit. Es wäre doch auch jammerschade, wenn Mr. Morton seinen Apparat, der sich ja für die Zukunft – zumindest für die nahe – sehr gut bewährt hat, nicht gelegentlich zu kleinen Entdeckungsfahrten benützte. Und ich vermute stark, daß er sich derzeit auf einer solchen befindet. Denn was sollte »*gone on a journey*« bei ihm anderes bedeuten? Daß er zu einem Naturforscherkongreß oder auf die Löwenjagd gefahren ist, ist ihm doch nicht gut zuzutrauen.

Drittens – aber das ist eigentlich eine Privatangelegenheit –: Was ist aus Gloria geworden? Haben die beiden ›sich gefunden‹, wie man zu sagen pflegt?

Gerne hätte ich mich bei Ihnen mit einem besonders interessanten Bericht aus Wien revanchiert, aber mir fällt nichts ein. Der Kaiser nimmt noch immer zum Gabelfrühstück ein Glas saure Milch und zum Mittagessen ein halbes Huhn, und das Parlament beschäftigt sich noch immer mit der böhmischen Sprachenfrage. Die Metternich veranstaltet noch immer Wohltätigkeitsakademien, und das Burgtheater spielt noch immer Komtessenstücke. Peter Altenberg trägt jetzt Sandalen.

Ich muß mich darauf beschränken, Sie meiner besonderen Ergebenheit zu versichern.

Friedell

2.

Hrn. Egon Friedell

Sehr geehrter Herr,

Ihre erste Frage zeigt eine eingehende Beschäftigung mit dem Gegenstand, die wiederum auf ein lebhaftes Interesse schließen läßt. Ich bin daher gern bereit, sie zu beantworten. Da ist nämlich Mr. Morton ein Lapsus passiert, wie sie bisweilen auch den größten Gelehrten unterlaufen. Er hatte die Erdzeit errechnet, indem er *s* durch *t* dividierte: 40.000 Kilometer durch 86.400 Sekunden. Das ergab weniger als eine halbe Kilometersekunde. Aber er hatte ganz übersehen, daß die Erde eine erheblich größere Leistung an Zeitenenergie vollbringt. Denn sie dreht sich ja nicht bloß um ihre eigene Achse, sondern auch um die Sonne, indem sie in 3651/4 Tagen 936 Millionen Kilometer zurücklegt, das sind fast dreißig Kilometer in der Sekunde. Das bedeutet zwar immer erst den zehntausendsten Teil eines Zeitmeters; aber andrerseits sind 19.710 Meter plus 463 Meter (die Zeitenenergie der Achsendrehung, die natürlich dazugerechnet werden muß), also 30.173 Meter in der Sekunde doch 651/6 mal soviel als das Energiequantum, das Mr. Morton angenommen hatte. Also war sein Ansatz viel zu niedrig und Gloria hatte instinktiv das Richtige getroffen, als sie ihm riet, einfach weiterzufahren.

Was nun diese anlangt, so ist Ihre Anfrage in der Tat *sehr* privat! Und außerdem: was glauben Sie denn eigentlich? Ich schicke Ihnen einen wissenschaftlichen Expeditionsbericht, und Sie verlangen eine Liebesgeschichte mit happy end! Ich referiere Ihnen über Formeln und Gleichungen, die aufgehen (oder auch nicht aufgehen), und Sie erwarten, daß zwei sich kriegen! Es scheint, daß bei Ihnen in Wien alles mit einem ›G'spusi‹ enden muß: so nennt man ja wohl bei Ihnen einen Flirt, wie mir Laura erzählt hat, die zwar aus Dresden stammt, aber den Wiener Dialekt sehr gut beherrscht. Übrigens haben Gloria und der Zeitreisende selbstverständlich geheiratet.

Und dies enthält zugleich die Beantwortung der dritten Frage:

Mr. Morton befindet sich gegenwärtig auf der banalsten und interessantesten aller Reisen: nämlich auf der Hochzeitsreise. Er forscht derzeit, wie Ihr überspannter Peter Altenberg sagen würde, in den

Meeraugen seiner jungen Gattin. Wie es dazu kam? Ja, das ist nun wirklich ein Roman; aber den erwarten Sie nicht von mir, denn über Romane denke ich ähnlich wie Mr. Wells.

Ganz ergebenst

Transic

Epilog

Wie hat ein Gentleman sich in diesem Falle zu verhalten?

Siebenundzwanzig Jahre waren seit meiner Korrespondenz verflossen, und ich hatte den Zeitreisenden, die Zeitmaschine, Mr. Transic und das sonderbare Protokoll beinahe vergessen. Da stieß ich eines Tages, als ich in alten Schubladen stöberte, wieder auf den Faszikel. Und da kam mir der Gedanke, ob ich es nicht vielleicht doch der Öffentlichkeit übergeben sollte? Es gewährt doch immerhin einen nicht uninteressanten Einblick in die Schicksale eines originellen Forschers und seiner kühnen Versuche. Und auch aus mißglückten Experimenten kann die Wissenschaft mancherlei profitieren. Und deshalb scheint mir Mr. Mortons ›Reise in die Vergangenheit‹ der Beachtung derer nicht unwürdig, die die nüchterne und bisweilen fast lederne Schilderung der Abenteuer, denen ein wissenschaftlicher Gedanke ausgesetzt ist, für ein fruchtbringenderes Lesestück halten als so manches kunstvolle Luftgewebe aus ›Dichter‹-Phantasien, hinter denen nichts *steckt* als die Zügellosigkeit eines überreizten Vorstellungslebens. In diesem Punkte bin ich sogar mit der unausstehlichen Miss Hamilton einer Meinung.

Auch die ungeschickte Form scheint mir keinen beachtenswerten Einwand zu bilden. Es ist wahr: der gute Mr. Transic ist nicht einmal ein begabter Reporter, geschweige denn ein Erzähler. Und auch Mr. Mortons Bericht ist keine aufgebaute und abgestufte Darstellung, sondern der wirre Monolog eines in fixen Ideen denkenden Spezialisten. Aber sowohl er wie Mr. Transic haben vor vielen Erzählern, die zu glänzen und zu spannen verstehen, eine große Tugend voraus: sie lassen nichts aus und flicken nichts ein, sie verschieben und vertuschen nichts. Das ist für Zwecke der Erkenntnis völlig ausreichend; und mehr wäre hier sogar weniger. Wem dies nicht genug dramatisch ist, der gehe ins Kino.

Aber bin ich berechtigt, Tatsachen preiszugeben, die geeignet sind, Personen von ernstem Wollen und edler Gesinnung in bedenklicher Weise bloßzustellen?

Von den Beteiligten scheint mir Mr. Wells die wenigste Rücksicht zu verdienen, und zwar aus mehreren Gründen. Erstens hat er den groben Brief der Miss Hamilton veranlaßt. Zweitens hat er eine ›Weltgeschichte‹ geschrieben und ich eine ›Kulturgeschichte‹. Aus diesem Anlaß hat ein englischer Kritiker geäußert, ich sei der deutsche Wells. Wenn Mr. Wells das gelesen hat – und Menschen, die etwas drucken lassen, lesen alles, was über sie gedruckt wird, auch wenn sie das Gegenteil beteuern –, so ist er natürlich seitdem mit jenem Flegel von Kritiker verfeindet. Und seine Animosität hat sich – obgleich ich bloß die passive Zufallsursache dieses Affronts war, aber so sind nun einmal die Menschen – sicher auch auf mich übertragen. Ferner ist die deutsche Übersetzung seines Geschichtswerks miserabel und die englische Übersetzung des meinigen ausgezeichnet, so ausgezeichnet, daß ich sogar schon daran gedacht habe, sie ins Deutsche zurückzuübersetzen; und auch das dürfte ihn gereizt haben. Da spielt es also schon gar keine Rolle mehr, ob ich ihn noch etwas mehr gegen mich einnehme. Endlich drittens: Mr. Wells hat den Ehrgeiz, Geschichte »von einem Laien für Laien« zu schreiben, und ich ebenfalls, indem ich der Ansicht bin, daß das bisherige geringe Interesse für Kulturgeschichte hauptsächlich daher kommt, daß sie von Kulturhistorikern verfaßt wurde. Nun kann es aber – und ich bin neidlos und objektiv genug, dies einzuräumen – keinem Zweifel unterliegen, daß das Geschichtswerk des Mr. Wells noch unwissenschaftlicher ist als das meinige und sich bei mir trotz ehrlichem Streben nach Ungeschichtlichkeit mehr Sachliches und Fachliches eingeschlichen hat als bei ihm; daher er auch den weitaus größeren Erfolg hatte. Er ist also auf einem engbegrenzten Spezialgebiet: dem der dilettantischen Geschichtsschreibung, mein Konkurrent, und noch dazu der siegreiche. Da hat er wirklich auf zarte Behandlung keinen Anspruch.

Und schließlich: wir leben in einem skeptischen Zeitalter. Es wird viele Menschen geben, die das Ganze überhaupt für einen albernen Scherz oder eine frivole Verleumdung halten werden. Sie werden behaupten, daß Mr. Morton London nicht am Himmel erblickt haben konnte, weil sie dort bisher nur Lichtreklamen für Schokoladenkrem und Schuhkrem bemerkt haben, daß es keine Seleniten gibt, weil sie noch mit keinem von ihnen Mondschweine gehütet haben, und daß man nicht zweimal dieselben sechzig Flaschen Burgunder trinken kann, weil sie es selbst nicht einmal fertiggebracht haben. Und auch bei denen, die nicht so mißtrauisch veranlagt sind, kann es Mr. Morton gleichgültig sein, was sie von seinen Zeitreisen denken, da er doch längst keine mehr unternimmt.

Aber seien wir ehrlich: Vertrauliche Mitteilungen bleiben vertraulich, auch wenn sie ein Menschenalter erreicht haben, und ›kompromittierende Enthüllungen‹ sind einem Gentleman niemals gestattet, auch wenn ihr Gegenstand noch so weit zurückliegt. Auch die Wahrscheinlichkeit, ja sogar die Gewißheit, daß man sie ihm ohnehin nicht glauben würde, gibt ihm keinen Freibrief. Genug, daß *er* sie glaubt. Dergleichen wäre höchstens bei einem zünftigen Historiker entschuldbar. Denn dieser könnte zu seiner Rechtfertigung zweierlei anführen: daß das Aufschnüffeln verflossener Blamagen sein Beruf sei und daß seine Bohrresultate nur immer wieder zur Kenntnis seiner Kollegen gelangen. Aber ich bin ja leider kein Historiker.

 tredition®

Über tredition

Eigenes Buch veröffentlichen

tredition wurde 2006 in Hamburg gegründet und hat seither mehrere tausend Buchtitel veröffentlicht. Autoren veröffentlichen in wenigen leichten Schritten gedruckte Bücher, e-Books und audio-Books. tredition hat das Ziel, die beste und fairste Veröffentlichungsmöglichkeit für Autoren zu bieten.

tredition wurde mit der Erkenntnis gegründet, dass nur etwa jedes 200. bei Verlagen eingereichte Manuskript veröffentlicht wird. Dabei hat jedes Buch seinen Markt, also seine Leser. tredition sorgt dafür, dass für jedes Buch die Leserschaft auch erreicht wird.

Im einzigartigen Literatur-Netzwerk von tredition bieten zahlreiche Literatur-Partner (das sind Lektoren, Übersetzer, Hörbuchsprecher und Illustratoren) ihre Dienstleistung an, um Manuskripte zu verbessern oder die Vielfalt zu erhöhen. Autoren vereinbaren direkt mit den Literatur-Partnern die Konditionen ihrer Zusammenarbeit und partizipieren gemeinsam am Erfolg des Buches.

Das gesamte Verlagsprogramm von tredition ist bei allen stationären Buchhandlungen und Online-Buchhändlern wie z. B. Amazon erhältlich. e-Books stehen bei den führenden Online-Portalen (z. B. iBookstore von Apple oder Kindle von Amazon) zum Verkauf.

Einfach leicht ein Buch veröffentlichen: **www.tredition.de**

Eigene Buchreihe oder eigenen Verlag gründen

Seit 2009 bietet tredition sein Verlagskonzept auch als sogenanntes "White-Label" an. Das bedeutet, dass andere Unternehmen, Institutionen und Personen risikofrei und unkompliziert selbst zum Herausgeber von Büchern und Buchreihen unter eigener Marke werden können. tredition übernimmt dabei das komplette Herstellungs- und Distributionsrisiko.

Zahlreiche Zeitschriften-, Zeitungs- und Buchverlage, Universitäten, Forschungseinrichtungen u.v.m. nutzen diese Dienstleistung von tredition, um unter eigener Marke ohne Risiko Bücher zu verlegen.

Alle Informationen im Internet: **www.tredition.de/fuer-verlage**

tredition wurde mit mehreren Innovationspreisen ausgezeichnet, u. a. mit dem Webfuture Award und dem Innovationspreis der Buch Digitale.

tredition ist Mitglied im Börsenverein des Deutschen Buchhandels.

Dieses Werk elektronisch lesen

Dieses Werk ist Teil der Gutenberg-DE Edition DVD. Diese enthält das komplette Archiv des Projekt Gutenberg-DE. Die DVD ist im Internet erhältlich auf **http://gutenbergshop.abc.de**